W9-DEW-665

CÁRCEL DE AMOR

Carol Marinelli

HARLEQUIN™

Editado por Harlequin Ibérica.
Una división de HarperCollins Ibérica, S.A.
Núñez de Balboa, 56
28001 Madrid

© 2013 Carol Marinelli
© 2019 Harlequin Ibérica, una división de HarperCollins Ibérica, S.A.
Cárcel de amor, n.º 2701 - 15.5.19
Título original: Playing the Dutiful Wife
Publicada originalmente por Harlequin Enterprises, Ltd.
Este título fue publicado originalmente en español en 2013

I.S.B.N.: 978-84-1307-735-2
Depósito legal: M-10318-2019
Impresión en CPI (Barcelona)
Fecha impresion para Argentina: 11.11.19
Distribuidor exclusivo para España: LOGISTA
Distribuidor para México: Distibuidora Intermex, S.A. de C.V.
Distribuidores para Argentina: Interior, DGP, S.A. Alvarado 2118.
Cap. Fed./Buenos Aires y Gran Buenos Aires, VACCARO HNOS.

MIXTO
Papel procedente de
fuentes responsables
FSC® C108412

Este libro ha sido impreso con papel procedente de fuentes certificadas según el estándar FSC, para asegurar una gestión responsable de los bosques.

Capítulo 1

VOY a tener que dejarte –le dijo Meg a su madre–. Han acabado de embarcar, así que será mejor que apague el teléfono.

–Todavía tienes un rato –persistió Ruth Hamilton–. ¿Has terminado el trabajo para la compra Evans?

–Sí –Meg intentó que su voz no sonara áspera. Quería apagar el teléfono y relajarse. Meg odiaba volar. En realidad, lo que odiaba era el despegue. Quería cerrar los ojos y escuchar música, e inspirar lenta y profundamente antes de que el avión iniciara el despegue del aeropuerto de Sídney. Pero su madre, como siempre, quería hablar de trabajo–. Como te dije, todo está al día.

–Bien –dijo Ruth.

Meg enrolló un largo mechón de pelo rojo en el dedo, como hacía siempre que estaba tensa o concentrándose.

–Tienes que asegurarte de dormir en el avión, Meg, para ponerte en marcha en cuanto aterrices. No creerías cuánta gente hay. Hay tantas oportunidades...

Meg cerró los ojos y contuvo un suspiro de frustración mientras su madre seguía hablando sobre la conferencia y luego pasaba a los detalles de viaje. Meg ya sabía que un coche la recogería en el aeropuerto de Los Ángeles para llevarla directa al hotel donde se celebraba la conferencia. Y sí, sabía que tendría media hora para lavarse y cambiarse de ropa.

Los padres de Meg tenían una presencia prominente en el mercado inmobiliario de Sídney, y buscaban ampliar su cartera invirtiendo en el extranjero para algunos de sus clientes. Habían ido a Los Ángeles el viernes para hacer contactos, mientras Meg ponía al día el papeleo en la oficina antes de reunirse con ellos.

Meg sabía que tendría que estar mucho más emocionada con la perspectiva de un viaje a Los Ángeles. Normalmente le encantaba visitar lugares nuevos y, en el fondo, sabía que no tenía motivo de queja: volaba en clase ejecutiva y se alojaría en el suntuoso hotel donde se celebraba la conferencia. Haría el papel de profesional de negocios de éxito, al igual que sus padres.

A pesar de que, a decir verdad, el negocio familiar no iba demasiado bien en ese momento.

Sus padres nunca dudaban en apuntarse al último plan para hacerse ricos en dos días. Meg, sensata ante todo, había sugerido que solo uno volara a la conferencia, en vez de ir todos; o incluso que no fueran y se concentraran en las propiedades que ya tenían en catálogo.

Por supuesto, sus padres no habían ni querido oír hablar de eso. Habían insistido en que ese era el siguiente gran paso.

Meg lo dudaba.

Pero no era eso lo que la inquietaba.

En realidad, cuando había sugerido que solo fuera uno de ellos, había tenido la esperanza de que se plantearan enviarla a ella, que se ocupaba de los aspectos legales.

Una semana fuera no era solo un lujo, empezaba a convertirse en una necesidad. Y no por ir a un hotel bueno, habría dormido en una tienda de campaña si hacía falta, sino por el descanso, por tener un respiro y poder pensar. Meg se sentía como si se estuviera sofocando; fuera donde fuera, sus padres estaban allí, sin darle espacio para pensar. Había sido así desde donde le alcanzaba la memoria, y a veces se sentía como si toda su vida hubiera sido planeada con antelación por sus padres.

Seguramente, así era.

Meg tenía poco de qué quejarse. Tenía su propio piso en Bondi pero, dado que trabajaba doce horas diarias, nunca lo disfrutaba. Los fines de semana siempre había algo que requería su atención: una firma que faltaba, un contrato por leer. Parecía que no acababa nunca.

–Vamos a ver un par de propiedades esta tarde... –su madre siguió hablando mientras se iniciaba un frenesí de actividad en el pasillo, junto al asiento de Meg.

–Pues no concretéis nada hasta que llegue yo –advirtió Meg–. Lo digo en serio, mamá.

Vio que dos azafatas ayudaban a un caballero. Desde donde estaba, Meg no podía ver su rostro pero, a juzgar por su físico, el hombre no parecía necesitar asistencia.

Era alto y estaba en forma. Parecía más que capaz de poner su ordenador en el compartimiento de equipaje, pero las azafatas revoloteaban a su alrededor, se hacían cargo de su chaqueta y le pedían disculpas mientras ocupaba el asiento contiguo al de Meg.

Cuando vio su rostro, Meg perdió por completo el hilo de la conversación con su madre. Era un hombre guapísimo, con pelo negro, espeso y bien cortado, lo llevaba un poco largo y le caía sobre la frente. Pero lo que más le llamó la atención fue su boca, perfectamente dibujada, como una mancha roja oscura en el negro de su mentón sin afeitar; aunque su expresión era hosca era una boca bellísima.

Hizo a Meg un leve gesto con la cabeza y se sentó a su lado. No parecía nada contento.

Meg captó su aroma, una mezcla de colonia cara y olor viril. Aunque seguía intentando centrarse en lo que decía su madre, Meg estaba pendiente de la tensa conversación que tenía lugar a su lado: las azafatas intentaban calmar a un hombre que, por lo visto, no era fácil de conformar.

–No –le dijo a la azafata–. Resolveremos esto en cuanto hayamos despegado.

Tenía una voz profunda y grave, con un acento que Meg no conseguía ubicar. Podría ser español, pero no estaba segura.

De lo que sí estaba segura era de que el hombre le estaba robando demasiada atención. No era obvio; seguía hablando con su madre y enredándose el pelo en el dedo, pero no podía dejar de escuchar una conversación que no era asunto suyo.

–Una vez más –le dijo la azafata–, le pedimos disculpas por cualquier inconveniencia, señor Dos Santos –la azafata miró a Meg y se dirigió a ella con educación, pero con voz más seca–. Tiene que apagar el teléfono, señorita Hamilton. Estamos preparándonos para despegar.

–Tengo que dejarte, mamá –dijo Meg–. Te veré allí –suspiró con alivio y apagó el teléfono–. Es lo mejor de volar –dijo, mientras lo guardaba.

–Volar no tiene nada de bueno –comentó su vecino de asiento con brusquedad. El avión empezó a circular por la pista–. Al menos hoy –matizó, al ver las cejas enarcadas de ella.

–Vaya, lo siento –ella le ofreció una leve sonrisa y dirigió la vista al frente. Pensó que él podía estar viviendo una crisis familiar o una situación de emergencia. Podía haber muchas razones que justificaran su mal humor, y no eran asunto suyo.

–Suele gustarme volar, lo hago a menudo, pero hoy no había asientos en primera clase –dijo él.

A ella la sorprendió que se molestase en contestar. Giró la cabeza y parpadeó.

Niklas dos Santos contempló los ojos verdes que lo miraban fijamente. Esperaba oír un murmullo de empatía o una alusión a la ineficacia de la compañía aérea, reacciones a las que estaba acostumbrado. Pero ella lo sorprendió.

–¡Pobrecito! –sonrió–. Mira que tener que sufrir y conformarse con ir en clase business.

–Como he dicho, vuelo mucho, y además de trabajar en el avión, necesito dormir, cosa que ahora será difícil. Admito que mi cambio de planes es de esta mañana, pero aun así... –no siguió. Niklas pensó que con eso quedaba explicado su mal humor. Tenía la esperanza de que se impusiera el silencio, pero la mujer habló de nuevo.

–Sí, es terriblemente desconsiderado que la línea aérea no reserve un asiento en primera clase por si se da la circunstancia de que tenga un cambio de planes.

Sonrió al decirlo y él entendió que bromeaba, en cierto modo. No era como las personas con las que solía tratar. Normalmente la gente lo veneraba o, en el caso de una mujer guapa, y posiblemente ella lo fuera, coqueteaba con él.

Estaba acostumbrado a las mujeres de cabello oscuro y bien arregladas de su ciudad natal. De vez en cuando le gustaban las rubias. Ella tenía el cabello rubio rojizo. Pero, a diferencia de las mujeres con las que él solía salir, no se esforzaba en absoluto por destacar. Iba bien vestida, con un pantalón azul marino y una delicada blusa color crema. Pero la blusa estaba abotonada hasta arriba y no llevaba una gota de maquillaje. Bajó la vista y vio que tenía las uñas limpias y cuidadas, pero sin pintar. También vio que no llevaba alianza.

Si los motores no hubieran aumentado las revoluciones en ese momento, tal vez ella habría captado su mirada. Si no hubiera vuelto la cabeza, tal vez habría visto una de sus muy escasas sonrisas. Para Niklas, era refrescante que no pareciera impresionada por él.

Pero hablaba demasiado.

Niklas decidió que a partir de ese momento, él marcaría la pauta. Si volvía a hablar, la ignoraría. Tenía mucho trabajo que hacer durante el vuelo y no quería que lo interrumpiera cada cinco minutos con un comentario.

Niklas no era hablador, no desperdiciaba palabras en naderías, y no lo interesaban las opiniones de esa mujer. Solo quería llegar a Los Ángeles habiendo trabajado y dormido lo más posible. Mientras el avión aceleraba en la pista, cerró los ojos y bostezó. Decidió sestear hasta que estuviera permitido encender el ordenador.

Y entonces la oyó respirar.

Muy fuerte.

Y el volumen siguió subiendo.

Rechinó los dientes al oír su gemido cuando el avión se levantó de la pista. Se volvió para lanzarle una mirada de irritación pero, como ella tenía los ojos cerrados, tuvo que conformarse con contemplarla. En realidad, era una imagen fascinante: tenía la nariz respingona, los labios anchos y las pestañas de color rubio rojizo, como el cabello. Pero estaba increíblemente tensa y sus ruidosas y profundas inspiraciones la convertían en la mujer más irritante del mundo. No podría soportar eso durante doce horas; tendría que insistir en que sacaran a alguien de primera clase.

Esa situación era insostenible.

Meg inhalaba por la nariz y soltaba el aire por la boca, mientras se concentraba en controlar la respiración con los músculos del estómago, como recomendaban los ejercicios para controlar el miedo a volar. Se retorció el pelo y cuando eso dejó de ayudar, aferró los reposabrazos, asustada por el terrible ruido del avión al elevarse. Fue un despegue bastante turbulento, y esa era la parte del vuelo que ella más odiaba; no podía relajarse hasta que las azafatas se ponían de pie y se apagaba la señal de uso obligatorio del cinturón.

El avión se ladeó un poco hacia la izquierda y Meg apretó los ojos con más fuerza. Volvió a gemir y Niklas, que había estado observándola todo el tiempo, notó que estaba muy pálida y no tenía ni gota de color en los labios.

En cuanto se apagaran las luces, hablaría con una azafata. Le daba igual que hubiera una familia real en primera clase; ¡iban a tener que hacer sitio para él! Consciente de que siempre se salía con la suya y de que pronto cambiaría de sitio, Niklas decidió que podía permitirse ser agradable un minuto o dos.

Era obvio que la mujer estaba aterrorizada.

—Supongo que sabe que este es el método de transporte más seguro, ¿no?

–Lógicamente, sí –contestó ella con los ojos aún cerrados–. Pero ahora mismo no me parece nada seguro.

–Pues lo es.

–¿Ha dicho que vuela a menudo? –quería que él le dijera que volaba a diario, que el ruido que se oía era totalmente normal y que no había nada de qué preocuparse; de hecho, si fuera piloto, podría empezar a creer que todo iba bien.

–Todo el tiempo –respondió él, relajado.

–¿Y ese ruido?

–¿Qué ruido? –escuchó un momento y todo le sonó de lo más normal. Niklas pensó que tal vez la que no era normal era ella, así que siguió hablándole–. Hoy vuelo a Los Ángeles, como tú, y dentro de dos días iré a Nueva York...

–¿Y después? –preguntó Meg, porque la voz de él era preferible a sus propios pensamientos.

–Después volaré a Brasil, a casa, donde espero tomarme un par de semanas de vacaciones.

–¿Eres de Brasil? –abrió los ojos y giró la cabeza, viendo los de él por primera vez. Tenía los ojos negros y, en ese momento, le parecían un paraíso–. ¿Entonces, hablas...? –tenía la mente revuelta; seguía oyendo el ruido de los motores.

–Portugués –dijo él. Como si estuviera allí para entretenerla, sonrió y le ofreció más opciones–. O puedo hablar francés. O español, si lo prefieres.

–El inglés me va bien.

No había necesidad de seguir hablando. Él vio como el color volvía a sus mejillas y que se pasaba la lengua por los labios rosados.

–Estamos en el aire –dijo Niklas. Un instante después sonó la campanita y las azafatas se levantaron.

Por fortuna, el pánico de Meg había llegado a su fin y exhaló con fuerza.

–Lo siento –le sonrió avergonzada–. No suelo ponerme tan mal, pero había mucha turbulencia.

Él no creía que hubiera habido turbulencia, pero no iba discutir ni dar pie a más conversación.

–Me llamo Meg, por cierto –se presentó ella.

Él no tenía interés en saber su nombre.

–Meg Hamilton.

–Niklas –dijo él con desgana.

–Lo siento mucho, de veras. A partir de ahora estaré bien. No tengo problema con volar, es el despegue lo que no puedo soportar.

–¿Y el aterrizaje?

–Eso no me molesta.

–Entonces nunca has volado a São Paulo –dijo Niklas.

–¿Es de allí de dónde eres?

Niklas asintió, agarró la carta y empezó a leerla, hasta que recordó que iba a cambiar de asiento. Pulsó el botón para llamar a la azafata.

–¿Es un aeropuerto muy concurrido?

Él miró a Meg como si hubiera olvidado que estaba allí, o que hubieran estado hablando.

–Mucho –dijo. Vio que una azafata se acercaba con una botellita de champán. Sin duda había supuesto que había llamado para pedir bebida, al fin y al cabo, conocían sus preferencias. Cuando abría la boca para hablar, Niklas se dio cuenta de que sería una grosería pedir un cambio de asiento delante de Meg.

Decidió beber algo y luego ir a hablar con la azafata en privado. Mientras le servían la bebida, notó que ella lo miraba y se volvió con irritación.

–¿También querías beber algo?

–Por favor –ella sonrió.

–Para eso sirve el timbre –replicó él. Ella no pareció darse cuenta de que estaba siendo sarcástico así que, resignado, pidió otra copa.

Poco después, Meg saboreaba la bebida. Estaba deliciosa, burbujeante y helada, y tenía la esperanza de que pusiera fin a su parloteo, pero no fue así. Por lo visto, los nervios por el vuelo y por estar junto a un hombre tan guapo habían tenido el efecto de darle cuerda a su lengua.

–Parece inadecuado beber a las diez de la mañana –se oyó decir, y deseó darse de bofetadas. Meg no sabía qué le estaba ocurriendo.

Niklas no contestó. Su mente volvía a estar centrada en el trabajo o, más bien, en todo lo que tenía que acabar para poder tomarse tiempo libre.

Iba a tomarse vacaciones. Hacía al menos seis meses que no paraba, y estaba deseando estar de vuelta en Brasil, el país que amaba, con la comida que adoraba y la mujer que lo adoraba a él y que sabía como eran las cosas...

Dejó escapar el aire mientras lo pensaba, una exhalación que sonó muy parecida a un suspiro. Un suspiro de aburrimiento, incluso. Niklas se preguntó cómo podía serlo. Tenía cuanto un hombre podía desear y había trabajado muy duro para conseguirlo, para garantizar que nunca tendría que volver al lugar del que había salido.

Niklas se dijo que ya tenía esa garantía; podía parar un poco. Un periodo de tiempo en Brasil lo libraría de su sensación de inquietud. Pensó en el vuelo a casa, en el avión aterrizando en São Paulo y, de repente, se sorprendió a sí mismo. Se había terminado el champán, así que podría haberse levantado para ir a hablar con la azafata. Pero en vez de hacerlo, volvió la cabeza y habló con ella.

Con Meg.

Capítulo 2

SÃO Paulo está muy densamente poblada.
Sobrevolaban el agua y ella miraba por la ventanilla. Se dio la vuelta al oír su voz y Niklas le
habló de la tierra que amaba, de los kilómetros y kilómetros de interminable ciudad.

—Es difícil explicarlo si no se ha visto, pero cuando
el avión desciende sobrevuela la ciudad durante mucho tiempo. El aeropuerto de Congonhas esta a solo
tres kilómetros del centro.

Le contó a Meg que la pista de aterrizaje era muy
corta y de difícil acceso, mientras ella lo miraba con
preocupación.

—Si hace mal tiempo, el capitán, la tripulación y la
mayoría de los *paulistanos* ... —al ver que ella fruncía
el ceño, empezó de nuevo—. La gente de São Paulo o
que conoce el aeropuerto contiene la respiración
cuando el avión desciende —sonrió—. Ha habido muchos sustos, y accidentes también.

A ella le pareció fatal que le dijera algo tan horrible. ¡Y le había parecido atractivo!

—¡No estás ayudando nada! —protestó.

—Claro que sí. He entrado y salido del aeropuerto
de Congonhas más veces de las que recuerdo, y sigo
aquí para contarlo. No tienes por qué preocuparte.

—Ahora también tengo miedo de aterrizar.

—No pierdas el tiempo en tener miedo —dijo Niklas.

Se puso de pie para recuperar su ordenador. No le gustaba la cháchara, y menos cuando volaba, pero la había visto muy nerviosa durante el despegue y no le había molestado hablarle. En ese momento estaba callada y miraba por la ventanilla; se dijo que tal vez no fuera imprescindible cambiar de asiento.

La azafata empezó a servir tentempiés y Meg adivinó que el señor Dos Santos estaba siendo compensado con algunos bocaditos especiales que, sin duda, eran del menú de primera clase. Como estaba sentada a su lado también se los ofrecieron a ella.

–Caviar iraní en blinis de trigo, con crema agria y eneldo –ronroneó la azafata, pero Niklas estaba demasiado ocupado para fijarse en lo que le ponían delante. Estaba montando su puesto de trabajo y Meg oyó su gruñido de frustración cuando tuvo que mover el ordenador a un lado.

¡Estaba claro que echaba de menos la mesita de primera clase!

–No hay sitio... –calló al darse cuenta de que sonaba como un quejica habitual. No solía serlo porque no le hacía falta. Su asistente personal, Carla, se aseguraba de que todo fuera como la seda en su ajetreada vida. Pero Carla no había podido ejercer su magia ese día, y Niklas tenía mucho que hacer antes de llegar a Los Ángeles–. Tengo mucho trabajo –dijo, aunque no tenía necesidad de justificar su mal humor–. Tengo una reunión una hora después de aterrizar. Quería prepararla durante el viaje. Esto es muy inconveniente.

–¡Tendrás que comprarte un avión! –bromeó Meg–. Tenerlo siempre en espera...

–¡Lo hice! –dijo él. Meg parpadeó–. Y durante unos dos meses fue fantástico. Creí que era lo mejor que había hecho en mi vida –se encogió de hombros y volvió a concentrarse en su ordenador. Con una mano tecleaba números y con la otra quitaba todos los trocitos de eneldo de encima de los blinis antes de comérselos.

–¿Y entonces? –preguntó Meg, intrigada.

Era un hombre distante y luego amistoso, ocupado pero tranquilo a la vez, y muy picajoso respecto al eneldo, sin duda. Cuando los blinis estuvieron a su gusto, su forma de comer le pareció decadente: cerraba los ojos para saborear cada delicioso bocado que entraba en su boca.

Todo lo que revelaba de sí mismo hacía que Meg deseara saber más. Quería que le contara por qué había sido un error tener su propio avión.

–Y entonces –dijo Niklas, sin dejar de teclear en el ordenador–, me aburrí. El mismo piloto, la misma tripulación, el mismo chef, el mismo olor de jabón en el cuarto de baño. ¿Lo entiendes?

–En realidad no.

–Aunque tu parloteo puede resultar molesto –se volvió hacia ella y esbozó una agradable sonrisa–, me alegro de haberte conocido.

–Yo también me alegro –Meg le devolvió la sonrisa.

–Y si aún tuviera avión propio, no nos habríamos conocido.

–Tampoco si estuvieras en primera clase.

–Correcto –asintió él, tras pensar un momento–. Pero ahora, si me disculpas, tengo que seguir con mi trabajo –antes de hacerlo, decidió darle otra explicación por si no había entendido el sentido de sus palabras–. Por eso prefiero los vuelos comerciales, es muy fácil dejar que el mundo de uno se haga demasiado pequeño.

–Dímelo a mí –suspiró Meg. Eso sí que lo entendía de maravilla.

Los hombros de él se tensaron. Situó los dedos sobre el teclado, esperando que ella volviera a hablar. Cuando lo hiciera, volvería a decirle que estaba intentando trabajar.

Niklas apretó los dientes y se preparó para oír su voz, preguntándose si pensaba hablarle todo el camino hasta Los Ángeles.

Pero ella no dijo nada más.

Poco después, Niklas se dio cuenta de que en realidad quería seguir conversando. Entonces fue cuando decidió dejar de trabajar durante un rato. Seguiría con el informe después.

–Dímelo a *mí* –dijo, cerrando el ordenador.

Ella no tenía ni idea de la concesión que le estaba haciendo. No sabía que su tiempo era un caro lujo que pocos podían permitirse, no tenía ni idea de cuánta gente daría cualquier cosa por tener diez minutos de su atención.

–Bah, no es nada –Meg encogió los hombros–. Es solo que siento lástima de mí misma.

–Debe de ser difícil con la boca llena de caviar iraní.

Eso le hizo gracia, Niklas le hacía reír. No era charlatán, pero cuando hablaba, cuando bromeaba y la miraba a los ojos, sentía un agradable cosquilleo en el estómago. Era una sensación nueva y emocionante.

El hombre era más que especial.

–Por la vida de pobreza –bromeó Niklas, alzando su copa. Brindaron y, mientras la miraba a los ojos, Niklas la dejó entrar en su vida.

Era un hombre introvertido, extremadamente reservado. Había crecido teniendo que serlo, por cuestiones de supervivencia. Pero, por primera vez en mucho tiempo, optó por relajarse, olvidar el trabajo y estar con ella, sin más.

Mientras charlaban, permitió que la azafata volviera a poner el portátil en el compartimiento de equipaje. Estaban en la última fila de la clase business, disfrutando de su mundo privado.

No tardaron en servirles la comida, y Meg pensó que era muy agradable compartirla con Niklas. La comida era una pasión para ella. Rara vez tenía tiempo de cocinar, y aunque comía fuera a menudo, casi siempre era en el mismo restaurante italiano al que llevaban a los clientes. Habían elegido distintos segundos y él sonrió al ver su cara cuando les sirvieron y descubrió que el *steak tartare* estaba crudo.

–Está delicioso –le aseguró–. ¿O prefieres comerte mi filete?

En el fondo, ella había sabido que era carne cruda, pero le había resultado muy difícil concentrarse en la carta con Niklas sentado a su lado. Había pedido la comida al azar, sin pensar.

–No, está bien –dijo Meg, mirando su plato. En el centro había una montaña de carne picada cruda, con una yema de huevo en su cáscara encima, rodeada de montoncitos de cebollas, alcaparras y cosas así–. Siempre he querido probarlo. Pero suelo ir a lo seguro. Es bueno probar cosas distintas.

–Sí que lo es –dijo Niklas–. A mí me gusta así.

Ella se atragantó porque había sonado como si hablara de sexo. Observó como él agarraba el cuchillo y tenedor, vertía el huevo sobre la carne, echaba encima cebollas y alcaparras, lo mezclaba todo y ponía salsa Worcestershire. Durante un instante, ella pensó que iba a cargar el tenedor y darle de comer, pero él volvió a concentrarse en su propia comida. Meg se sonrojó al darse cuenta del rumbo que había tomado su mente.

–¿Bueno? –preguntó Niklas cuando ella tomó el primer bocado.

–Fantástico –dijo Meg. Estaba bueno, no delicioso, pero hecho por sus manos podía decir que estaba fantástico–. ¿Qué tal tu filete?

Él cortó un trozo, lo pinchó con el tenedor y se lo ofreció. El hombre que le había ofrecido una bebida a regañadientes y que le había dado la espalda más de una vez, le estaba dando comida de su plato. Meg se dijo que solo estaba siendo amigable. Estaba dando demasiada importancia a un sencillo gesto. Pero cuando fue a agarrar el tenedor, él lo levantó. Sus ojos negros buscaron los de ella mientras llevaba el tenedor a su boca y contemplaba cómo la abría. De repente, ella empezó a preguntare si había tenido razón antes.

Tal vez él sí se hubiera referido al sexo.

Pero si había estado flirteando, para cuando recogieron los platos de postre, ya no lo hacía. Él leyó un rato y Meg miró por la ventanilla hasta que la azafata cerró las cortinillas. Se atenuaron las luces de cabina y Meg utilizó el mando para convertir el asiento en cama.

–¿Vas en busca de tu pijama de oro? –le preguntó a Niklas, cuando él se puso en pie.

–Y de un masaje –bromeó Niklas.

Ella estaba adormilada cuando regresó. Contempló de reojo como se quitaba la corbata. Por supuesto, una azafata corrió a quitársela de las manos mientras otra le preparaba la cama. Después, él se quito los zapatos y se tumbó.

Aunque no veía su guapo rostro, lo tenía grabado en la mente. Era muy consciente de su cercanía, y lo oyó removerse un par de veces. Admitió para sí que él podía tener algo de razón. La cama era lo bastante grande para que Meg se estirara, pero Niklas le sacaba más de treinta centímetros. La cama era demasiado pequeña para él y no le resultaría cómoda para dormir.

Para no pensar en él, se obligó a concentrarse en el aburrido contrato Evans. Cuando estaba a punto de quedarse dormida, oyó a Niklas moverse de nuevo. Abrió los ojos y parpadeó al ver su rostro sobre el suyo y encontrarse con sus intensos ojos negros. Sonrió.

–No me lo dijiste... –empezó Niklas, invitándola a unirse a él en una conversación de última hora–. ¿Por qué es tu mundo demasiado pequeño?

Capítulo 3

RETIRARON la partición que los separaba y se tumbaron de lado, cara a cara. Meg sabía que seguramente sería la única vez en su vida que tendría a un hombre tan divino tumbado junto a ella, así que estaba más que dispuesta a renunciar al sueño por tan gloriosa causa.

–Trabajo en la empresa familiar –explicó Meg.

–¿Y cuál es?

–Mis padres se dedican a la inversión inmobiliaria. Yo soy abogada.

Él asintió, pero no tardó en fruncir el ceño, porque ella no le parecía una abogada.

–Pero apenas utilizo mis conocimientos. Me ocupo del papeleo y de los contratos.

Niklas vio que ponía los ojos en blanco.

–Ni te imaginas lo aburrido que es.

–Entonces, ¿por qué lo haces?

–Buena pregunta. Creo que en el momento de mi concepción se decidió que sería abogada.

–¿Y no quieres serlo?

–Creo que no... –dijo ella, aunque le costaba bastante admitirlo.

Él siguió contemplando su rostro en silencio, esperando a que le contara más.

–Dudo que esté destinada a eso; me costó sacar la

nota mínima para matricularme, y en la universidad aprobaba por los pelos...

–Nunca digas eso en una entrevista –la interrumpió él.

–Claro que no –ella sonrió–. Solo estamos charlando.

–Bueno. Adivino que no fuiste una niña que soñaba con ser abogada. ¿No te ponías peluca blanca cuando jugabas? –torció la boca–. ¿No ponías a tus muñecas en fila para interrogarlas?

–No –ella sonrió.

–¿Y cómo acabaste siendo una?

–En realidad no sé por dónde empezar.

Él miró su reloj y comprendió que cabía la posibilidad de que no escribiera el informe.

–Tengo nueve horas –Niklas decidió en ese momento que se las dedicaría completas.

–De acuerdo –Meg decidió que para explicarle cómo era su familia, convenía empezar por el principio–. En mi familia no hay mucho tiempo para pensar; incluso de niña tenía clases de piano, de violín, de ballet y varios tutores. Mis padres revisaban mis deberes continuamente, todo estaba enfocado hacia que entrara en la mejor escuela para que sacara las mejores notas y fuera a la mejor universidad. Y lo hice. Pero una vez allí siguió la presión. Agaché la cabeza y seguí trabajando, pero ahora tengo veinticuatro años y no estoy segura de estar donde quiero estar –era difícil explicarlo, porque viéndolo desde fuera, tenía una vida muy agradable.

–Te exigen demasiado.

–Eso no lo sabes.

–No te escuchan.

–Eso tampoco lo sabes.

–Sí lo sé –dijo él–. Cuando hablabas por teléfono dijiste cinco o seis veces «Mamá, tengo que dejarte». o «Tengo que irme ahora...» –vio que ella estaba sonriendo, pero no por la imitación de sus palabras, sino porque había estado escuchando su conversación. A pesar de estar rezongando e ignorándola, había estado pendiente–. Lo que hay que hacer es esto –levantó un teléfono imaginario y lo colgó.

–No puedo –admitió ella–. ¿Es lo que haces tú?

–Por supuesto –afirmó él–. Dices «Tengo que colgar», y cuelgas.

–No es solo eso. Quieren saberlo todo sobre mi vida.

–Pues diles que no quieres discutirlo –dijo él– . Si una conversación toma un rumbo que no te interesa, lo dices.

–¿Cómo?

–Di: «No quiero hablar de eso» –sugirió él.

Tal y como lo decía, parecía muy fácil.

–Pero tampoco quiero hacerles daño, ya sabes lo difíciles que son las familias a veces.

–No –él movió la cabeza–. Ser huérfano tiene algunas ventajas, y esa es una de ellas. Yo cometo mis propios errores –lo dijo con un tono de voz que no daba lugar a la compasión. De hecho, incluso sonrió, como si quisiera quitarle importancia al asunto.

–Lo siento.

–No tienes por qué.

–Pero...

–No quiero hablar de eso –afirmó él. Tranquilamente, cambió de tema–. ¿Qué te gustaría hacer si pudieras hacer otra cosa?

–Eres la primera persona que me ha preguntado eso –dijo ella, pensativa.

–La segunda –corrigió Niklas–. Imagino que tú te has hecho esa pregunta a menudo.

–Últimamente sí –admitió Meg.

–Dime, ¿qué serías?

–Chef.

Él no se rio, ni dijo que ya tendría que conocer el *steak tartare,* ni puso los ojos en blanco.

–¿Por qué?

–Porque adoro cocinar.

–¿Por qué? –no lo preguntó como si le costara entender que adorase la cocina, sino como si realmente quisiera que le dijera por qué.

Ella lo miró fijamente y sus mentes se enzarzaron en una extraña batalla.

–Cuando alguien come algo que he guisado, preparado como corresponde. Cuando cierran los ojos un segundo... –no podía explicarlo–. Cuando te comiste esos blinis, cuando los probaste por primera vez, hubo un momento... –observó cómo la boca de él se curvaba con una sonrisa de comprensión–. ¿Sabían fantásticos?

–Sí.

–Deseé haberlos cocinado –Meg pensó que quizás esa fuera la mejor manera de describirlo–. Me encanta comprar alimentos, planificar una comida, prepararla, presentarla, servirla...

–¿Solo por ver ese momento?

–Sí –Meg asintió–. Y sé que lo hago bien porque, por muy insatisfechos que estuvieran mis padres con mis notas o mis decisiones, el domingo yo preparaba la comida y el resultado era siempre excelente. Sin embargo, era lo único en lo que mis padres procuraban desalentarme.

–¿Por qué? –esa vez preguntó porque sinceramente no lo entendía.

–¿Por qué ibas a querer trabajar en una cocina? –Meg imitó el soniquete de sus padres–. ¿Por qué, después de todas las oportunidades que te hemos dado? –su voz se apagó un momento–. Tal vez tendría que haberme enfrentado a ellos, pero es difícil con catorce años –le ofreció una sonrisa–. Sigue siendo difícil con veinticuatro.

–Si cocinar es tu pasión, entonces seguro que serías una gran chef. Deberías hacerlo.

–No sé –ella sabía que sonaba débil, que tendría que enviar a sus padres a hacer gárgaras, pero que había una cosa que quizás no había explicado bien–. Los quiero –dijo Meg–. Son imposibles y dominantes, pero los quiero; y no me gustaría nada hacerles daño, aunque sé que probablemente tenga que hacerlo –esbozó una sonrisa desvaída–. Voy a intentar descubrir la manera de hacerles daño con mucha suavidad.

Pasados un par de segundos, él esbozó una sonrisa pensativa. Meg temió que sintiera pena de su debilidad, aunque ella no se consideraba débil.

–¿Cocinas mucho?

–Casi nunca –movió la cabeza–. Parece que nunca hay tiempo suficiente. Pero cuando lo hago... –le explicó que en su siguiente fin de semana libre prepararía lo que acababa de comer para sus amigos, y pasaría horas intentando darle el punto perfecto. Aunque en general iba a lo seguro, quería explorar todo tipo de comidas.

Siguieron allí tumbados y hablando de comida. A cierta gente le habría parecido una conversación aburrida, pero para Meg fue una de las mejores de su vida.

Él le habló de un restaurante que frecuentaba en São Paulo, famoso por sus pescados, aunque él pen-

saba que no eran lo mejor de la carta. Cuando Niklas iba, siempre pedía la *feijoada,* que era un guiso
de carne y judías negras, que a él le sabía como si
lo hubieran preparado los ángeles para alimentar su
alma.

En ese momento, Meg se dio cuenta de que ya no
tenía que enfrentarse solo a una pasión, sino a dos,
porque su mirada era tan intensa y lo que decía tan in-
teresante, que no quería que el viaje acabara. No quería que los susurros en la oscuridad llegaran a su fin.

–¿Cómo es que hablas tantos idiomas?

–Es bueno que lo haga. Así puedo llevar mis negocios a muchos países –Niklas le dijo que era finan-
ciero internacional y después, aunque era inusual en
él, le contó un poco más–. Una de las monjas que cui-
daba de mí cuando era un bebé hablaba solo español.
Para cuando salí de ese orfanato...

–¿A qué edad?

–Con tres o cuatro años –dijo él tras pensarlo un
momento–. Para entonces hablaba dos idiomas. Luego
aprendí inglés y, mucho después, francés.

–¿Cómo los aprendiste?

–Tenía un amigo inglés y le pedí que solo me hablara en su idioma. Y también... –rectificó antes de
decir que los había buscado– leía periódicos ingleses.

–¿En qué idioma sueñas?

–Eso depende de dónde estoy –sonrió–, de dónde
estén mis pensamientos.

Le dijo a Meg que pasaba mucho tiempo en Fran-
cia, sobre todo en el sur. Meg le preguntó cuál era su
lugar favorito en el mundo. Él iba a contestar que São
Paulo, porque al fin y al cabo estaba deseando volver
allí, al ritmo rápido y a las mujeres deslumbrantes,
pero se lo pensó mejor y le dio una respuesta que lo

sorprendió incluso a él. Habló de las montañas aleja-
das de la ciudad, de las selvas, los ríos y los manan-
tiales, y de que tal vez tendría que pensar en comprar
un sitio allí, algún lugar privado.

Y después le dio las gracias.

—¿Por qué?

—Por hacerme pensar —contestó Niklas—. He estado
pensando en tomarme algo de tiempo libre para hacer
más de eso mismo —no mencionó los clubes y las mujeres, ni la prensa que lo perseguía en busca del último escándalo—. Tal vez debería tomarme un verda-
dero descanso.

Meg le dijo que también prefería las montañas a la
playa, aunque vivía en Bondi, y allí tumbados rees-
cribieron una visión de su futuro: ya no sería chef de
un ajetreado hotel internacional, dirigiría un pequeño
hostal situado en las colinas.

Ella también preguntó sobre él.

Muy rara vez le contaba sus cosas a alguien pero,
sin saber por qué, esa noche contó un poco. No se re-
primió. No lo contó todo, por supuesto, pero sí más
de lo habitual. Al fin y al cabo, no iba a volver a verla
nunca.

Le contó que había aprendido él solo a leer y escribir, cómo se había educado a través de periódicos,
cómo la sección de negocios lo había fascinado siempre y lo bien que entendía cifras que amedrentaban a
otros. Y le dijo cuánto amaba Brasil, porque allí se
podía trabajar duro y jugar duro también.

—¿Necesita que le traiga algo, señor Dos Santos?
—preguntó la azafata, preocupada por si estaban mo-
lestando a su apreciado pasajero.

—Nada —no alzó la cabeza. Habló mirando a Meg—.
¿Puede dejarnos, por favor?

–¿Dos Santos? –repitió ella cuando la azafata se marchó. Él le explicó que era un apellido que se solía dar a los huérfanos.

–Significa «de los santos» en portugués.

–¿Cómo te quedaste huérfano?

–No lo sé –admitió Niklas–. Tal vez me abandonaron y me dejaron en el orfanato. No sé.

–¿Has intentado buscar a tu familia alguna vez?

Él abrió la boca para decir que prefería no hablar de eso, pero cambió de opinión.

–Sí lo he hecho –admitió–. Me habría gustado saberlo, pero fue imposible. Pedí a mi abogado, Miguel, que investigara, pero no encontró nada.

Meg le preguntó cómo había sido crecer así, pero estaba profundizando demasiado y no era algo que quisiera compartir.

–No quiero hablar de eso –le dijo.

Así que siguieron hablando de ella. Meg habría seguido eternamente, pero fue Niklas quien se acercó demasiado al preguntarle si tenía alguna relación.

–No.

–¿Has tenido alguna relación seria?

–En realidad no –dijo ella, aunque no era del todo cierto–. Iba a comprometerme, pero lo cancelé.

–¿Por qué? –al ver que ella guardaba silencio, insistió–. ¿Por qué?

–Se llevaba demasiado bien con mis padres –tragó saliva–. Era un colega –titubeó–. Es lo que decíamos antes sobre nuestros mundos haciéndose demasiado pequeños –dijo Meg–. Comprendí que él empequeñecería el mío aún más.

–¿Lo afectó mucho?

–En realidad no –Meg fue sincera–. No era una relación apasionada –volvió a tragar. No quería hablar de ese tema con él.

Tendría que haberle dicho eso, pero optó por decirle que necesitaba dormir. Las luces tenues y el champán empezaban a tener efecto en ambos, así que pusieron punto final a la conversación y por fin se durmieron.

Meg no habría sabido decir cuánto durmieron, pero cuando se despertó se arrepintió de haber dejado de hablar y haber desperdiciado el poco tiempo que podían compartir.

La despertó el olor a café y el zumbido de los motores. Lo miró y vio que él seguía dormido, igual de guapo con los ojos cerrados. Era casi un privilegio examinar en detalle a un hombre tan impresionante. Tenía el pelo negro peinado hacia atrás y la bonita boca relajada. Miró sus pestañas oscuras y pensó en el tesoro que había bajo sus párpados. Se preguntaba en qué idioma estaría soñando cuando él abrió los ojos.

Para Niklas fue un placer verla al abrirlos.

Había sentido la caricia de su mirada y se la devolvió.

–Inglés –contestó a la pregunta que ella no había formulado, ambos entendieron. Había estado soñando en inglés, tal vez sobre ella. Entonces Niklas hizo lo que siempre hacía cuando despertaba junto a una mujer bella.

Fue algo más difícil de lo habitual, dado el hueco que los separaba y que no podía agarrar su cuerpo y acercarla al suyo, pero el resultado sin duda merecería el esfuerzo. Se apoyó en un codo y se movió hasta que su rostro estuvo sobre el de ella, mirándola.

–Nunca terminaste de decir lo que estabas diciendo –ella lo miró intrigada–. Cuando dijiste que no era un relación apasionada....

Ella podría haberse movido y puesto fin a la conversación. La pregunta era inapropiada, pero nada le parecía inapropiado con Niklas. No había nada que no pudiera decir cuando sentía su aliento en la mejilla y su bella boca tan cerca.

–Era yo la que no era apasionada.

–No puedo imaginar eso.

–Pues es cierto.

–¿Era porque no lo deseabas como me deseas a mí?

Meg supo lo que estaba a punto de hacer. Y quería que lo hiciera.

Así que él lo hizo.

No tuvo la sensación de estar besando a un desconocido cuando sus labios se encontraron, lo que sintió fue sublime.

Sus labios eran sorprendentemente suaves y se movieron sobre los de ella un instante, causándole una falsa sensación de seguridad, porque cuando deslizó la lengua en su boca, lo hizo de forma directa y con intención.

No era un beso de prueba y Meg supo lo que le había ocurrido desde el principio, la razón de que hubiera parloteado la noche anterior. Una atracción tan instantánea que podría haberla besado así segundos después de sentarse a su lado.

Así que ella le devolvió el beso.

Había más pasión en su beso de la que Meg había sentido en toda su vida. Descubrió que un beso podía ser mucho más que un mero encuentro de labios cuando su lengua le dijo exactamente qué otras cosas le gustaría hacerle, entrando y saliendo de sus labios entreabiertos, con suavidad un momento y más brusco al siguiente. Después, metió la mano bajo su manta y le acarició el seno por encima de la blusa, de forma tan experta que ella anheló más.

Meg enredó las manos en su pelo y él le raspó la piel con la mandíbula y su lengua exploró con más intención. Mientras ella se concentraba en eso y luchaba con su cuerpo para no arquearse hacia él, él introdujo la mano dentro de su blusa. Niklas dejó todo atisbo de sutileza y trasladó la mano a su espalda y la atrajo para abrazarla. Ella se tragó el gruñido que vibró en la garganta de él cuando frotó su pezón con los dedos, con dureza y después con la palma, con más suavidad.

Para el mundo exterior parecerían dos amantes besándose, entregándose a una pasión indecente pero disimulada. Entonces Niklas se situó casi sobre ella, envolviéndola con su aroma, mientras su boca y su mano trabajaban con más intensidad, consiguiendo con cada caricia que ella deseara aún más la siguiente. De pronto, Meg supo que tenía que parar lo que estaba pasando, tenía que apartarse, porque solo con la reacción a su beso tenía la sensación de que poder llegar al orgasmo.

–Déjate ir –susurró él contra su boca, dando voz a su pensamiento.

–Para –dijo ella casi sin aliento, aunque no quería que lo hiciera.

–¿Por qué?

–Porque está mal –contestó ella en su boca, de nuevo sobre la suya.

–Pero es muy agradable.

Siguió besándola. Ella cerró los labios, porque la sensación era demasiado intensa y la estaba llevando al borde del clímax. Él entreabrió sus labios con la lengua y Meg intentó cerrarlos y apretar los dientes, pero él insistió hasta que se rindió y volvió a aceptarlo. Niklas respiraba con más fuerza y seguía acariciando su seno; ella recordando dónde estaban, luchaba por no gritar, por no gemir, mientras el succionaba su lengua.

Meg se obligó a no agarrar su mano y llevarla mucho más abajo, como su cuerpo le suplicaba que hiciera, a no hacer que se pusiera encima de ella mientras Niklas le hacía el amor con la boca.

Ella no tenía ninguna posibilidad de ganar.

Él apartó la mano de su pecho e hizo que soltara su pelo. Agarró su mano y la llevó debajo de su manta; ocultando lo que hacía con su cuerpo, la colocó sobre su larga y gruesa erección. Los dedos de ella anhelaban curvarse y acariciarlo, pero él no lo permitió. Hizo que extendiera la palma de la mano y la sujetó contra él. Entretanto, seguía besando su boca, mientras ella gruñía una protesta y su mano intentaba no acariciar, no sentir, no explorar su erección.

Ganó él.

Apagó su gemido con la boca y succionó, como si se tragara su grito de placer, y después, con toda crueldad, aflojó la presión sobre su mano y aceptó que lo rodeara con sus dedos. Alzó la cabeza y observó con una sonrisa satisfecha cómo ella, jadeando, se mordía el labio inferior, mientras él se esforzaba por no llegar al clímax. Deseó que las luces estuvieran encendidas para verla a todo color, deseó que estuvieran en su enorme cama para poder volver a empezar en cuanto ella hubiera acabado.

Y decidió que lo harían.

—Eso —dijo Niklas cuando volvió a sentirse, no en

tierra, sino en el aire, a tres mil metros de altura–, ha sido el aperitivo.

Ella pensó que había tenido razón al principio.

Él sí había estado hablando de sexo.

Meg se puso una rebeca y se excusó cuando se encendió la luz. En el diminuto cubículo del aseo, examinó su rostro en el espejo y se abrochó el sujetador. Tenía la piel rosada tras sus profusas atenciones, los labios hinchados y los ojos chispeantes de excitación. La mujer que veía no era una mujer a la que conociera.

Ya no era la misma que cuando Niklas la había conocido.

Nunca en su vida se había rebelado; nunca había saltado por la ventana de su dormitorio para ir a una fiesta. En la universidad había estudiado y trabajado a tiempo parcial, obteniendo las notas que sus padres esperaban, antes de incorporarse a la empresa familiar. Siempre había hecho lo correcto, incluso en sus relaciones personales.

Niklas tenía razón. No había deseado a su novio como deseaba a Niklas, y le había dado largas hasta que entendió que no podía comprometerse con alguien que no la atraía. Le había dicho a su novio que no quería tener sexo hasta estar segura de que la relación iba en serio, pero en cuando él empezó a hablar de anillos y de futuro, Meg había sabido que era hora de poner punto final.

Y eso era lo que la inquietaba.

No era la mujer apasionada a la que Niklas acababa de conocer y besar, era virgen y no sabía nada de hombres. Unas cuantas horas libre de las riendas de sus padres y ya estaba tumbada de espaldas con un desconocido sobre ella y sintiendo un palpitar ilícito entre las piernas. Cerró los ojos avergonzada, pero cuando los abrió de nuevo y vio su brillo, el ardor de la vergüenza disminuyó. Ya no podía volver a ser la mujer que había sido e incluso si fuera posible, no renunciaría ni a un minuto del tiempo que había pasado con Niklas.

Oyó un golpecito en la puerta y se quedó helada durante un segundo. Luego se dijo que estaba siendo ridícula. Se cepilló los dientes, se peinó y se lavó en el diminuto lavabo, haciendo acopio de valor para volver a salir.

Mientras recorría el pasillo vio que habían incorporado su asiento. Intentó dar conversación a Niklas mientras les servían el desayuno, pero él no parecía interesado. Era como si entre ellos no hubiera ocurrido nada. Se dedicó a leer el periódico y a mojar el cruasán en el café, como si no acabara de revolucionar su mundo.

Retiraron el servicio de desayuno y él siguió leyendo. Cuando el avión inició su descenso, Meg decidió que también odiaba el aterrizaje, porque no quería volver a su vieja vida.

Pero era imposible volar para siempre. Meg lo sabía. Y un hombre como Niklas desaparecería en cuanto aterrizaran. Sabía lo que ocurría con hombres como él, no era tan ingenua como para creer que había sido más que un entretenimiento.

Aceptaba que no había sido más que sexo.

Sin embargo, no era el sexo lo que la había enganchado a él.

Él estiró las piernas. Sorprendentemente, el pantalón de su traje seguía sin estar arrugado. Ella se volvió hacia la ventanilla, intentando no pensar en lo que había bajo la tela, no pensar en lo que había sentido bajo los dedos, en el sabor de sus besos y en la pasión que había encontrado. Tal vez su vida habría sido más fácil si no se hubiera sentado junto a él; porque a partir de entonces estaba abocada a las comparaciones. Y por poco que supiera, era consciente de que no había muchos hombres como Niklas.

Niklas siguió leyendo el periódico, o aparentando que lo hacía. Su mente maquinaba, cancelando los planes del día. Sabía que seguramente habría un coche esperándola para llevarla al hotel, junto a sus padres. Pero ya se le ocurriría algo para salvar ese obstáculo.

No tenía intención de esperar.

O tal vez podría hacerlo. Organizar un encuentro con ella esa noche.

Pensó en sus controladores padres y pasó una página. Le encantaba la idea de seducirla debajo de sus narices.

Niklas había decidido que ella era fantástica.

Recordó su rostro cuando llegaba al orgasmo bajo él y se removió en el asiento.

–Señoras y señores... –se oyó la voz del capitán en los altavoces–. Debido a un incidente en el aeropuerto de Los Ángeles, todos los vuelos han sido desviados. Aterrizaremos en Las Vegas dentro de una hora.

El capitán pidió disculpas por las inconveniencias y se oyeron los gruñidos y quejas de otros pasajeros. Si hubiera estado sentada junto a cualquier otra persona Meg también se habría quejado, o sentido miedo por la ampliación de vuelo, o se habría preocupado por el coche que la esperaba o por lo que estaba ocurriendo.

Sin embargo, cuando él la miró, sonreía.

–Viva Las Vegas –dijo Niklas. Agarró el mando a distancia de ella, volvió a poner plano su asiento y retomó la situación donde la habían dejado.

Capítulo 4

ERA una falsa alarma.

Seguían sentados en el avión, ya en la pista. En cuanto habían aterrizado en Las Vegas, Niklas había encendido su teléfono y llamado a alguien. Hablaba en portugués. Interrumpió su conversación para informar a Meg de que lo ocurrido en Los Ángeles había sido una falsa alarma y siguió hablando.

–Aguarda, por favor –dijo. Se volvió hacia Meg–. Estoy hablando con Carla, mi asistente personal. Puedo pedirle que reorganice también tu vuelo. Lo hará rápidamente, creo.

«Y además», pensó Niklas, «se asegurará de que nos sentemos juntos».

–¿Cuándo quieres llegar? –preguntó.

La respuesta normal habría sido que lo antes posible, pero sus reacciones con él no tenían nada de normal. Niklas la miraba con una invitación en los ojos, pero necesitaba decirle que lo que había ocurrido no era habitual para ella.

En absoluto habitual.

Niklas hacía que se le encogiera el estómago, sus ojos esperaban, su boca era bellísima y no quería poner fin a su encuentro con un beso a la salida de un aeropuerto. No quería pasar el resto de su vida arrepintiéndose de no haber elegido la opción más excitante.

Él lo hizo por ella.

–Parece que hay sobrecarga. El aeropuerto será un infierno con tantos vuelos desviados. Podría decirle que nos reserve un vuelo para mañana –Niklas ya había decidido. Hacía meses que no tenía veinticuatro horas para él, hacía semanas que no dejaba de trabajar y no se le ocurría nadie mejor con quien escapar del mundo.

–Se supone que debo estar... –pensó en sus padres, esperándola en la conferencia, esperando que llegara, trabajara doce horas al día y aceptara estar a su disposición todos los fines de semana. Su familia tenía cada minuto, cada semana, cada año de su vida planificado, y a Meg le apetecía poder respirar en libertad siquiera un día.

O, más bien, esforzarse para respirar bajo él mientras la besaba y le robaba el aliento.

Él miró su boca mientras esperaba su respuesta, observó el dedo en el que enredaba el pelo mientras decidía, hasta que se lamió los labios y contestó.

–Mañana –dijo Meg–. Que sea para mañana.

Niklas habló con Carla un momento más, le pidió que le deletreara su apellido, su fecha de nacimiento y el número de su pasaporte, después colgó.

–Hecho.

Ella no sabía cómo era su vida, no entendía lo que significaba la palabra «hecho» en el mundo de Niklas dos Santos.

Mientras esperaban su equipaje, ella lo besó por primera vez estando de pie, sintió toda la longitud de su cuerpo apretado contra el suyo. Él cargó las maletas en un carro e hizo una cosa muy agradable e inesperada: se detuvo en una de las tiendas y le compró flores.

Ella sonrió cuando se las dio.

—Cena, desayuno, champán, besos, caricias preliminares... —ni siquiera bajó la voz al darle las flores—. ¿He cubierto ya todo?

—No me has llevado al cine —dijo Meg.

—No —él movió la cabeza—. Echaban una película en el avión. Preferiste no verla. No puedes hacerme responsable de eso.

Pero lo había sido, sin duda. Ella sintió las espinas de las rosas cuando él se acercó más.

—Considera el cortejo cumplido.

Para Niklas no había largas colas de espera. Y como ella estaba con él, sus trámites de aduanas también se aceleraron. No tardaron en salir del aeropuerto y entonces ella vio el primer atisbo de lo que significaba «hecho» en el mundo de Niklas.

Carla debía de haber estado muy ocupada, porque ya había un chófer esperando con un cartel que rezaba *Niklas dos Santos*. Se ocupó de las maletas y lo siguieron a una limusina con las ventanas tintadas. Ella no pudo ver ni un atisbo de Las Vegas mientras conducían hacia el hotel, solo sintió un instante el ardiente sol del desierto.

No, nunca vio Las Vegas.

Estaba sentada en su regazo.

—Voy a ser una terrible decepción... —apartó el rostro del de él.

—No lo eres —gruñó Niklas.

—Sí —el esfuerzo de ser racional le estaba partiendo la cabeza en dos—. Porque tengo que llamar a mi madre ahora mismo.

Con manos temblorosas marcó el número. La

mente le daba vueltas, tenía que decirle que era virgen. ¡Sin duda iba a ser una decepción! Entretanto, él le estaba desabrochando los botones del pantalón y no tardó en palpar su trasero. Su boca succionaba uno de sus senos a través de la blusa y le costó mucho concentrarse en la conversación con su madre.

–Sí, sé que fue una falsa alarma –intentó sonar normal mientras hablaba con una Ruth poco dispuesta a dejarse impresionar–. Pero los vuelos son un caos y no he conseguido nada antes de mañana –insistió por tercera vez en que era imposible llegar antes–. Te llamaré cuando haya encontrado hotel. Tengo que dejarte, mamá, la batería del móvil está a punto de agotarse.

Apagó el teléfono y él la giró de modo que estuviera sentada a horcajadas sobre él. Sujetando sus caderas, la apretó contra sí para hacerle notar lo que pronto habría en su interior, y por primera vez ella sintió un poco de miedo.

–Niklas...

–Vamos –él le abrochó la blusa–. Casi hemos llegado.

Meg se puso la rebeca para ocultar la mancha húmeda que la boca de él había dejado en la blusa. No tardó en ver otro atisbo de su mundo.

Tardaron pocos minutos en tener las llaves de la enorme suite y cuando llegaron su equipaje ya los esperaba. En cuanto la puerta se cerró a su espalda, él la besó y la tumbó sobre la cama. Se quitó la chaqueta, sacó un paquete de preservativos del bolsillo, los dejó en la mesilla y le bajó los pantalones y las bragas a la vez.

Como un animal, gimió y enterró el rostro en la parte más privada de su cuerpo. Meg sintió su ronroneo en la piel y esa nueva experiencia, unida a su excitación, le provocó terror.

–Niklas –suplicó, cuando la lengua de él inició su incursión–, cuando dije que mi relación no era apasionada...

–Ya hemos demostrado que eso no tenía nada que ver contigo –sus palabras sonaron apagadas, pero notó que ella se tensaba y cuando alzó la mirada vio la ansiedad de sus ojos.

–No he hecho esto antes –vio que él frunció el ceño–. No he hecho nada.

–Bien –dijo él tras una larga pausa–. Yo cuidaré de ti.

–Eso lo sé.

–Lo haré.

Entonces su boca volvió a ponerse en funcionamiento y ella sintió su aliento en sitios en donde nunca había sentido el aliento de nadie, pero la tensión y el miedo no se disiparon. Niklas lo percibió, porque se apoyó sobre los codos y miró su rostro sonrojado.

Niklas era un amante muy desinhibido; era la única parte de sí mismo que entregaba de pleno. El sexo era tanto su descanso como su diversión, y con sus amantes habituales no había necesidad de conversaciones largas, de reticencias ni de tomarse su tiempo. Pero cuando miró sus mejillas arreboladas recordó sus largas conversaciones en el avión y lo agradable que era pasar tiempo real con otra persona. Pensó en todas las cosas que le había contado y que nunca compartía con nadie, y se dio cuenta de que no solo le gustaba la mujer que tenía debajo, sino también las palabras que habían salido de su boca.

La besó, como si fuera la primera vez.

Fue un beso suave, aunque apretó su erección contra ella mientras pensaba en qué hacer.

Su intención inicial había sido tirarla sobre la cama y tomarla con rapidez para poder volver a empezar de nuevo, pero le gustaba de verdad y quería hacerlo bien.

A fondo.

Con propiedad.

—Ya sé...

Sonó como si hubiera tenido una idea; dejó de besarla y, sonriente, se quitó de encima y fue al teléfono. Le dijo a Meg que un baño la relajaría y mientras esperaban a que subieran a prepararlo, la envolvió en un enorme albornoz blanco. Ella, tumbada en la cama, observó cómo rebuscaba en su maleta y volvía a su lado con unos documentos. Señaló unas líneas.

—No entiendo esto —dijo ella tras leerlas.

—Tuve que hacerme una revisión en Sídney, para el seguro —explicó él.

—¿Y?

—No me preocupaban los resultados. Siempre utilizo protección —lo dijo con toda seriedad.

—No tomo la píldora —afirmó Meg al comprender a qué se refería. Supo, por cómo se ensancharon sus ojos, que eso chafaba sus planes.

—De todas formas... —calló y sacudió la cabeza para aclarársela. Durante un segundo un bebé le había parecido una inconveniencia mínima en comparación con lo que podría perderse. Niklas se dio cuenta de que empezaba a adorarla, y eso era señal de que tenía que alejarse.

—Niklas, ¿estoy cometiendo un gran error?

—Si buscas amor, entonces sí —fue tan sincero con Meg como lo era con todas las mujeres, porque sabía que su corazón seguiría cerrado–. Porque eso no va conmigo.

–¿Nunca?

–Nunca –afirmó Niklas. Ni siquiera soportaba la idea de que alguien dependiera de él, no se veía manteniendo a otra persona, compartiendo y preocupándose por ella. Sin embargo, una parte de él ya se preocupaba por Meg.

–Entonces, quiero el tiempo que podamos tener –dijo Meg.

Cuando la camarera se marchó, él la tomó de la mano y la llevó al cuarto de baño. La bañera estaba empotrada en el suelo. Ella se metió en el agua mientras él se desnudaba. Palideció al ver su impresionante erección. Niklas la tranquilizó, asegurándole que no ocurriría nada entre ellos hasta que no estuviera lista. La sensación de confortarla y tranquilizarla era nueva para él; decidió que durante las veinticuatro horas siguientes, se permitiría sentir cariño por ella.

Se metió en la bañera y la lavó lenta y sensualmente, deslizando el jabón sobre su piel sedosa. También le metió la cabeza en el agua, para ver cómo oscurecía el rojo de su cabello.

–Tu último novio, ¿intentó...? –preguntó Niklas mientras le enjabonaba los brazos. No entendía que un hombre soportara no estar con la bella mujer que tenía en sus brazos.

–Un poco... –dijo Meg.

Él notó que hasta sus brazos enrojecían.

–Yo solo...

–¿Qué? –le encantaba verla ruborizarse y se encontró sonriendo solo con ver el tono de su piel.

–Le dije que no quería hacer nada de eso hasta que fuéramos en serio. Ya sabes, hasta...

–¿Casarte? –los ojos de él se agrandaron.

–Comprometerme –corrigió ella.

–¿La gente de verdad dice eso? –su voz sonó incrédula mientras deslizaba las manos jabonosas hacia su cintura–. ¿Cómo ibas a saber si querías casarte con alguien si antes no...?

–Eso no tenía nada que ver. Yo no exigía un anillo. Comprendí que estaba poniendo excusas.

–¿Por qué? –deslizó las manos entre sus piernas–. ¿Por qué? –insistió.

–Porque no tenía ningún deseo de sentarme en una bañera con él y dejar que me lavara ahí –le costaba creer que él esperase que hablara mientras le hacía lo que estaba haciendo–. Y entonces él empezó a hablar de anillos.

–Ya lo imagino –Niklas se preguntaba qué hombre no querría ponerle un anillo en el dedo.

De repente, su mente visitó un lugar que no debía y Niklas intentó ponerle freno. Lo que había entre ellos tenía que limitarse al sexo. Colocó las piernas de ella sobre las suyas y besó su hombro.

–Me encantó volar contigo –lo dijo como una caricia mientras levantaba su cabello, posaba la boca bajo su nuca y succionaba con fuerza.

Ella cerró los ojos y sintió su mano moverse muslo arriba. Empezó a besar su cuello. Mientras se besaban y mordisqueaban, Niklas movió la otra mano e introdujo un dedo en su interior. Meg sintió un pinchazo de dolor y succionó su cuello con más fuerza. Él introdujo otro dedo, ensanchándola, y ella le mordió el hombro. Sabía que él tenía que ensancharla, había visto que era enorme y para ella era la primera vez; la emocionó su gentileza y calma.

Él siguió metiendo y sacando los dedos, después

besó su seno y chupó el pezón húmedo. Ella empezó a gemir y se alzó hacia sus dedos al sentir que el placer la envolviera. Niklas comprendió que las cosas iban más deprisa de lo que había pretendido. La quería en la cama, o al menos tenía que ir por los preservativos.

—Vamos —iba a ponerse en pie, pero la mano de ella lo encontró y decidió que también tenía derecho a jugar un poco.

Le gustaba que lo tocaran las mujeres. Pero nunca había esperado disfrutar tanto como estaba haciéndolo en ese momento. Nunca había esperado que ver el placer desnudo de sus ojos, mientras lo exploraba tentativamente con las manos, pudiera hacerle sentirse como se sentía.

Porque lo cierto era que Meg disfrutaba. Era maravilloso sujetarlo, enorme, resbaladizo y magnífico en sus manos. Seguía teniendo miedo, pero la excitaba la idea de sentirlo dentro de ella.

—¿Así? —preguntó ella, al ver que él cerraba los ojos y apoyaba la cabeza en la pared de mármol.

—Así —afirmó él, pero se corrigió—. Más fuerte —puso su mano sobre la de ella y le mostró cómo. La enseñó demasiado bien.

—Ven aquí —la situó sobre él. Estaba a segundos del clímax, tenía que ir más despacio, pero necesitaba tenerla ya. Y era obvio que Meg lo deseaba en su interior.

—Necesitamos... —empezó él. Sabía que debía llevarla a la cama y ponerse un preservativo, pero la quería en ese momento y por una vez en su vida, tuvo dudas. Sabía que él era el único con capacidad de pensar a esas alturas, y deseaba el placer. Pero sabía que si la penetraba no tendría ninguna posibilidad de retirarse a tiempo.

Ella tenía las manos sobre sus hombros y él moldeaba sus nalgas. Quería rendirse, presionarla contra sí al tiempo que alzaba las caderas y la embestía. Y lo habría hecho si el teléfono de ella no hubiera sonado.

Maldijo en portugués, después en francés y en español por la intrusión.

—Déjalo —le dijo.

Pero volvió a sonar y, durante un instante, él recuperó el sentido común. Se puso en pie, tomó su mano, la ayudó a salir de la bañera y la llevó a la cama. Apagó el teléfono de ella y comprobó que el suyo también estaba apagado, porque estaba cansado de un mundo que no dejaba de invadir su tiempo. Miró los paquetes de aluminio y comprendió que lo último que deseaba era usar protección cuando penetrara a esa mujer.

—Quiero sentirte. Y quiero que tú me sientas.

Su mente viajó a un lugar que no se permitía visitar. Mucha gente le había dicho que era mercancía dañada, que un hombre con su pasado no era capaz de una relación estable.

Pero él quería un periodo de estabilidad.

Estaba cansado del ruido y de la interminable sucesión de mujeres. No se había planteado el compromiso ni una vez, y no lo hacía en ese momento, pero sí se creía capaz de sentir cariño. Había amasado lo suficiente como para confiar en que podía cuidar de otra persona al menos un tiempo, y si su decisión tenía consecuencias, también podría ocuparse de ellas.

En ese momento estaba seguro de ello.

Lo haría.

Ese día no quería a otras personas a su alrededor, no quería que nada nublara sus pensamientos. En su experiencia, las ideas instintivas solían ser correctas y demostraban ser las mejores. La miró y, al ver a una virgen sonrosada y cálida en su cama, decidió que haría las cosas bien.

A fondo.

Con propiedad.

–Cásate conmigo.

Ella se rio.

–Lo digo en serio. Eso es lo que hace la gente cuando viene a Las Vegas.

–Creo que suelen conocerse antes.

–Yo te conozco.

–No me conoces.

–Sé lo suficiente –dijo Niklas–. Tú no me conoces a mí. Quiero hacer esto.

Y Niklas dos Santos conseguía lo que quería.

–No hablo de para siempre, nunca podría asentarme con una persona o quedarme en un sitio durante mucho tiempo, pero puedo ayudarte a solucionar las cosas con tu familia. Yo puedo entrar para darte opción a salir.

–¿Por qué? –ella no lo entendía–. ¿Por qué ibas a hacer eso?

Él la miró largamente antes de contestar. Era una buena pregunta. Niklas había tenido muchas relaciones, muchas sin ningún impacto emocional, y un par de ellas caras y de larga duración. Pero nunca antes en su vida se había planteado el matrimonio. Nunca había querido a una persona a su lado. De hecho, había temido que otra persona llegara a depender de un hombre que había salido de la nada. Sin embargo, mirándola a ella nada de eso lo asustaba. Por primera vez, confiaba plenamente en sí mismo.

–Me gustas.

–Pero, ¿qué sacarías tú de ello?

–A ti –contestó él. De repente, le pareció imperativo casarse con ella, hacerla suya aunque solo fuera durante un tiempo–. Me gusta solucionar cosas y me gustas tú –señaló los preservativos que había en la mesilla–. Y no me gusta usar eso. Así que –dijo, llevando la mano al teléfono del hotel–, ¿quieres casarte conmigo?

Ella no lo entendía a él, pero también había dejado de entenderse a sí misma; en ese momento su proposición le pareció bastante lógica.

De hecho, era una solución.

–Sí.

Él habló por teléfono un momento, luego se volvió hacia su futura esposa y sonrió.

–Hecho.

Capítulo 5

FUE la boda más rápida del mundo.
O tal vez no.
    Al fin y al cabo, estaban en Las Vegas.

Niklas llamó al conserje y le informó de sus planes y cómo quería que los pusieran en práctica.

–¿Quieres que te suban una selección de vestidos? –le preguntó a Meg–. Es tu día; puedes pedir lo que quieras.

–No quiero vestido –Meg sonrió.

Pero sí hubo algunos elementos tradicionales.

Encargó montones de flores, que llegaron a la suite junto con champán y una tarta de boda. Meg sentada a la mesa, se probaba anillos mientras el celebrante preparaba el papeleo.

Niklas eligió una selección de música de su teléfono. Meg se encontró escuchando música que desconocía junto a un hombre a quien deseaba conocer, ambos luciendo albornoces blancos..

Él le puso en el dedo el anillo de platino y diamantes que había elegido. Aunque pareciera extraño, en la mente de ella no hubo ni un destello de duda cuando le dio el sí.

Tampoco lo hubo en la mente de Niklas cuando besó a su esposa virgen y le dijo que se alegraba de estar casado con una mujer a la que había conocido el día anterior.

–Hoy –lo corrigió Meg. Dada la diferencia horaria entre Las Vegas y Australia, aún era el mismo día en que se habían conocido.

–Siento haberte metido tanta prisa –sonrió él.

Cuando todos se fueron, ambos sintieron una mezcla de nerviosismo y alivio.

Él le desató el albornoz y se quitó el suyo. Después la echó sobre la cama.

–Pronto –prometió Niklas, mientras sus manos la acariciaban–, estarás preguntándote cómo has conseguido vivir sin esto.

–Ya me lo pregunto –admitió Meg, y no se refería solo al sexo. Hablaba también de él. Nunca se había abierto tanto a otra persona, nunca se había sentido más ella misma.

El beso de Niklas fue increíblemente tierno, un beso que ella nunca habría esperado de él. La besó hasta que estuvo casi relajada y luego empezó a devorarla. Necesitaba un afeitado, pero a ella le gustó cómo raspaba su rostro, le gustó sentir su cuerpo desnudo envolviéndola.

Ella estaba de espaldas y él encima, tal y como había deseado en el avión. No podía esperar ni un momento más. Le abrió las piernas con las rodillas y deslizó los dedos en su interior para comprobar que estaba lista para él. Y lo estaba.

Ya no había nada entre ellos.

Y él ya no tenía paciencia.

Le advirtió que le dolería un poco.

Observó su rostro cuando se contrajo de dolor y luego la besó en la boca con fuerza.

Mientras la penetraba ella gritó en su boca, porque esa primera embestida parecía no acabarse nunca y tenía la sensación de estar rasgándose para acomodar su largo y grueso miembro. Él intentó ser gentil, pero era demasiado grande para eso. Pero una vez pasado el primer momento, siguió moviéndose dentro de ella, besando sus labios y su rostro, sin darle otra opción que acostumbrarse a las nuevas sensaciones que la invadían. Se movió en su interior hasta volverla loca de deseo. Dejó de besarla y ella lo miró; vio su rostro tenso de concentración, los ojos cerrados y el cuerpo moviéndose rápidamente cuando el de ella se alzaba hacia el suyo.

Entonces fueron las manos de Meg las que lo apremiaron, clavando los dedos en sus nalgas, gimiendo mientras buscaba el alivio de la tensión. De repente, él abrió los ojos y se vació dentro de ella, hasta la última gota. El orgasmo de ella no tardó en llegar, un auténtico frenesí tan poderoso que casi sintió miedo.

Él se derrumbó sobre ella, jadeando, y aunque parecía un sueño, de algún modo era real. Meg supo que él había tenido razón, no sabía cómo había sobrevivido sin eso.

Sin él.

–¿No deberíamos estar arrepintiéndonos a estas alturas? –peguntó Meg.

Estaban tumbados en una cama muy revuelta y era por la mañana. Tenía el cuerpo deliciosamente dolorido, pero Niklas le había asegurado que para la lección de esa mañana solo necesitaría la boca.

–¿De qué hay que arrepentirse? –se dio la vuelta en la cama y la miró.

Nunca le daba por la felicidad, pero ese día sentía la caricia de sus rayos. Le había gustado despertarse

con ella; lo demás eran detalles que no tardaría en solucionar.

–Tú vives en Brasil y yo en Australia...

–Como sabemos, hay aviones –la miró por encima
de la almohada–. ¿Te preocupas por todo?

–No.

–Yo creo que sí.

–No.

–¿Cómo vamos a decírselo a tus padres?

Ella hizo una mueca.

–Es posible que se alegren por ti.

–Lo dudo. Será un golpe terrible –con la vuelta al
mundo real, llegó la confusión–. Creo que cuando se
acostumbren a la idea, se alegrarán –tragó saliva, nerviosa–. Creo.

–Antes de nada, tienes que hacerte a la idea tú
–sonrió al ver su expresión preocupada.

–No sé mucho de ti.

–No hay mucho que saber –dijo Niklas.

Ella lo dudaba bastante.

–No tengo familia, como he dicho, así que te has
librado de tener suegra. Mis amigos dicen que a veces
son un problema. ¡Has tenido suerte!

Meg pensó que podía ser muy frívolo respecto a
cosas importantes, y había muchas cosas que quería
descubrir sobre él. Para empezar, se preguntaba cómo
había sobrevivido sin una familia y cómo había alcan-
zado el éxito a partir de la nada. Intuía que, a diferencia de su boda, algunas cosas tendrían que ir despacio; no podía lanzarle mil preguntas sin más. Sabía
que no era un tema del que le gustaría hablar, pero lo
intentó.

–¿Cómo fue crecer en un orfanato?

–Hubo muchos orfanatos –dijo él–. Me cambiaban

de sitio a menudo –tal vez se dio cuenta de que eso no contestaba a su pregunta, porque añadió–. No lo sé, la verdad. Intento no pensar en ello.

–Pero...

–Estamos casados, Meg. Pero eso no significa que necesitemos contárnoslo todo. Disfrutemos de lo que tenemos, ¿vale?

–¿Vives en São Paulo? –preguntó ella, decidiendo que era mejor empezar por lo fácil.

–Tengo un apartamento allí –dijo Niklas–. Cuando trabajo en Europa suelo quedarme en mi casa de Villefrance-sur-Mer. Y supongo que ahora tendré que buscar algo en Sídney –sonrió malévolo–. Si tu padre se enfada mucho, tal vez podría preguntarle si conoce alguna buena casa, si podría ayudarme a encontrar una.

Meg empezó a reírse, porque daba la impresión de que él entendía bien su entorno. Niklas tenía razón; una buena comisión apaciguaría a su padre en gran medida. El disgusto se les pasaría con el tiempo, y sus superficiales padres estarían encantados de buscarle una casa a su nuevo y rico yerno.

El sol entraba entre las cortinas y Meg, tumbada en la cama, empezó a darse cuenta de que nunca había sido tan feliz. Pero incluso así, sabía que la noche anterior habían corrido un riesgo injustificado.

–Empezaré a tomar la píldora –dijo–. Si no es demasiado tarde.

Él le había dicho que la relación no era para siempre, y la alianza que el día anterior le había parecido una solución, ya no se lo parecía tanto.

–Si lo de anoche tiene consecuencias a largo plazo, ambos tendréis todo lo necesario.

–¿Durante un tiempo?

Él la miró y supo que, a diferencia de la mayoría de las mujeres, Meg no hablaba de dinero. Pero su cuenta bancaria era lo único que no estaba manchado por su pasado.

–Durante un tiempo –dijo Niklas–. Te prometo que en pocas semanas estaremos discutiendo, volviéndonos locos, y no de lujuria –sonrió cuando no correspondía, pero ella le devolvió la sonrisa–. Te alegrarás de verme marchar.

Ella lo dudaba mucho.

–Doy mucho trabajo –la advirtió él.

Pero merecía la pena.

Aun así, empezaría a tomar la píldora.

Entonces él volvió a mirarla y ella decidió que mientras las cosas siguieran así, podría adorarlo.

–Mañana escribiré a la aerolínea para agradecerles que no tuvieran asientos en primera clase –dijo él.

–Puede que yo también escriba para lo mismo.

–Todo irá bien –dijo él–. Llamaré a Carla para que reorganice todo. Después veremos a tus padres y se lo explicaré –sonrió al ver la expresión horrorizada de ella.

–Yo hablaré con mis padres.

–No –dijo Niklas–. Porque tu empezarías a pedir disculpas y a dudar, y yo soy mejor negociador.

–¿Negociador?

–¿Cuánto tiempo quieres que pasemos de luna de miel? –preguntó Niklas–. Por supuesto, tendrás que darles un preaviso, no puedes marcharte sin más, pero ahora tenemos que pasar tiempo juntos. Tal vez podría llevarte a las montañas –la atrajo hacia él–. Y también les diré que celebraremos una gran boda dentro de unas semanas.

–Yo estoy contenta con la boda que tuvimos.

–¿No quieres una boda grande?

Ella deslizó la mano bajo la sábana y le gustó que él se riera. No sabía que la risa era poco habitual en él. Después su boca siguió sus manos y él se quedó inquieto mientras ella, inexperta, despertaba otra parte de su cuerpo.

–¿No quieres una boda formal, con familia y baile?

–Odio bailar –besó su miembro de arriba hacia la base. Ella sintió que tiraba suavemente de su cabello, alzándola para llevarla a donde deseaba más atención.

–Yo también.

–Creía que todos los brasileños sabían bailar.

–Deja de hablar –dijo Niklas–. Y no he dicho que no supiera. Solo que no lo hago.

Ella alzó la vista hacia el hombre más deslumbrante y complicado que había visto nunca. Se estremeció al pensar en los días y noches que tenían por delante, en conocerlo más y mejor. Sabía que estaba empezando a querer que existiera un para siempre, y no debía de hacerlo.

Entonces lo probó otra vez.

Las manos de él movieron su cabeza mientras le aseguraba que no le haría daño y le explicaba exactamente qué hacer con la boca. Ella se perdió en su aroma, en la sensación de tenerlo en la boca, su rápido orgasmo fue una grata sorpresa para ella. También lo fue para Niklas, pero ese era el efecto que tenía en él.

Él no quería salir de la cama ni volver al mundo. Nunca había tenido el teléfono apagado durante tanto tiempo. Bajó de la cama y ella se quedó allí tumbada, mirando al techo, pensando en el tiempo que tardarían en conocerse.

Niklas estaba pensando lo mismo. Había estado

deseando unas vacaciones, era consciente de que necesitaba un descanso y ya no podía esperar ni un minuto más para tomárselo.

Se duchó rápidamente y encendió el teléfono, impaciente por hablar con Carla y volver a cambiar sus planes. Hizo una mueca al ver la cantidad de llamadas perdidas y mensajes de texto que tenía. Frunció el ceño al darse cuenta de que eran cientos. De Carla, de Miguel, de casi todo la gente que conocía.

Esa fue la primera pista de que algo iba mal.

Niklas no tenía familia y la única persona que le había importado de verdad estaba en la cama en la habitación de al lado, así que no sintió pánico, aunque era obvio que había algún problema. Se le daba de maravilla resolver problemas.

Posiblemente solo le quitara algo de tiempo cuando habría preferido volver a la cama. Marcó el teléfono de Carla, preguntándose si decirle a Meg que pidiera el desayuno.

Ella lo oyó en el salón, hablando en su lengua. Se quedó tumbada, haciendo girar el anillo en el dedo. Mientras él seguía hablando, se dio cuenta de que no la aterraba dar la noticia a sus padres. Aunque no fuera un matrimonio convencional y estuviera advertida de que acabaría algún día, se sentía en paz con lo ocurrido.

Lo único malo era que se moría de hambre.

—Voy a llamar para pedir el desayuno —dijo ella, cuando él volvió a entrar en el dormitorio. Arrugó la frente, sorprendida al verlo vestido.

—Tengo que regresar a Brasil.

—Oh —ella se incorporó en la cama—. ¿Ahora?

—Ahora.

Meg se dio cuenta de que no la miraba. Pero no era

consciente de que dos segundos después iba a romperle el corazón.

–Hemos cometido un error –dijo él.

–¿Disculpa?

–La fiesta se acabó.

–Espera –ella estaba atónita–. ¿Qué ha ocurrido ahí fuera? –señaló el salón–. ¿Quién te ha hecho cambiar de idea?

–Yo.

–¿Qué? ¿Acaso te has acordado de que tienes prometida? –gritó Meg–. ¿O novia? –empezó a llorar–. ¿O esposa y cinco hijos? –empezaba a darse cuenta de lo poco que sabía de él.

–No hay esposa –encogió los hombros–, solo tú. Hablaré con mi equipo legal en cuanto vuelva a Brasil, a ver si pueden anularlo. Pero lo dudo...

Ni siquiera se sentó en la cama para decirle que habían acabado. Ella comprendió lo tonta que había sido y cómo se había dejado engañar.

–Si no se puede anular, se pondrán en contacto contigo para iniciar el divorcio. La compensación será en un pago único –dijo.

–¿Compensación?

–Mi equipo lo arreglará. Puedes pelear para intentar sacar más, pero te sugiero que aceptes cuanto antes. Claro que si estuvieras embarazada... –se quedó de pie, a contraluz, y ella solo vio la silueta oscura de un hombre al que no conocía–. Podría ser una buena idea que tomaras la píldora del día después.

En ese momento llamaron a la puerta. Era un botones que iba a recoger su equipaje.

–He pedido que alargaran tu hora de salida del hotel, por si quieres cambiar el vuelo. Desayuna –ofreció, como si fuera lo más normal. Dio una propina al botones, que se marchó con la maleta.

–No entiendo –ella empezaba a convertirse en una fémina histérica, que gritaba en la cama mientras su revolcón de una noche se iba.

–Esta es la clase de cosas que hace la gente en Las Vegas. Nos hemos divertido.

–¡Divertido! –ella no daba crédito.

–No es nada importante.

–Para mí sí.

–Entonces, ya es hora de que madures.

Ella nunca había esperado que pudiera ser cruel. Pero Niklas podía serlo cuando era necesario, y en ese momento lo era.

Muy necesario.

No era capaz de mirarla. Estaba sentada en la cama llorando, suplicándole y enfadándose por momentos. Le gritó que era él quien tenía que madurar, él quien tenía que solucionar su vida, agitando las manos. En cualquier momento, se levantaría para atacarlo. Deseó agarrar sus muñecas y besarla para borrar su miedo, sentir su cuerpo revolviéndose de ira y tranquilizarla. Pero no tenía con qué tranquilizarla. Sabía lo mal que irían las cosas en poco tiempo y tenía que ser cruel para ser bondadoso.

–¿Para qué tuviste que casarte conmigo? –le gritó–. Era obvio que iba a acostarme contigo.

Niklas sabía que estaba a punto de saltar sobre él. Sus ojos verdes destellaban y apretaba los dientes. Él supo que sus siguientes palabras pondrían fin a la escena.

–Ya te dije ayer que no me gustan los preservativos –fue a la mesilla y tiró los paquetitos de aluminio al suelo.

Ella le arañó la mejilla y él sujetó sus brazos un momento. Luego la empujó sobre la cama.

Y sin más, salió de la habitación.

Un minuto antes, lo único que había tenido en mente había sido desayunar y hacer el amor con su nuevo marido.

De eso habían pasado a las anulaciones y las compensaciones. Sin hablar siquiera.

Y él se había ido.

Se había marchado con palabras crueles y arañazos en la mejilla mientras ella seguía allí tumbada, sintiendo la ira como un peso que la aplastaba contra la cama. Le costaba respirar.

Unos minutos después, Meg se dio cuenta de que inspiraba por la nariz y soltaba el aire por la boca, como había hecho en el avión durante el despegue. Su cuerpo estaba intentando librarla del pánico que la asolaba. Siguió allí tumbada intentando entender algo que era incomprensible.

Había jugado con ella.

Desde el principio había sido un juego para él.

Pero para ella, se trataba de su vida.

Tal vez él tuviera razón. Quizás necesitaba madurar. Si un hombre como Niklas podía manipularla con tanta facilidad, si podía hacerle creer en el amor a primera vista, quizá sí necesitara enderezar su vida. Se acurrucó un rato, inspiró, lloró y después, porque tenía que hacerlo, Meg se levantó.

No desayunó.

Pidió café y tragó el líquido caliente y dulce con la esperanza de que la calentara y sacara a su mente del estado de shock. Pero no ocurrió.

Se duchó, aporreando su cuerpo dolorido con el agua de la ducha, porque no podía soportar la idea de meterse en la bañera en la que se habían besado y estado a punto de hacer el amor.

«Sexo» se recordó Meg. Porque el amor a primera vista no había tenido nada que ver.

Se vistió rápidamente, incapaz de soportar quedarse en una habitación que olía a los dos. Echó una última mirada a la sábana arrugada y marchada de sangre en la que él la había tomado y sintió ganas de vomitar.

En menos de una hora estaba en el aeropuerto.

Poco después, sentada en el avión, intentaba dilucidar cómo hacer que su vida volviera al punto en el que había estado el día anterior.

Pero su corazón se sentía tan dolorido como las partes más íntimas de su cuerpo, y sus ojos, hinchados de llorar, también.

Meg pidió una antifaz frío para los ojos a la azafata. Antes de ponérselo, se quitó la alianza y se la colgó al cuello de la cadena, intentando analizar lo ocurrido.

No pudo.

Antes de aterrizar, se maquilló en el cubículo del aseo. Cuando se alzó el cabello y vio el cardenal que la boca de él había dejado en su cuello, estuvo a punto de gritar. Ocultó los ojos tras unas gafas de sol y se preguntó cómo conseguiría sobrevivir las siguientes horas, días y semanas.

—Gracias a Dios —su madre la esperaba en el carrusel del equipaje—. El coche nos espera. Te pondré al día de camino —escrutó el rostro de su hija—. ¿Estás bien?

—Solo cansada —contestó Meg. Miró a su madre y

supo que nunca podría decirle la verdad, así que forzó una sonrisa–. Pero estoy bien.

–Bien –dijo su madre agarrando la maleta y poniendo rumbo al coche–. ¿Qué tal Las Vegas?

Capítulo 6

MEG estaba en su despacho, mirando por la ventana. Sus dedos, como hacían a menudo, hacían girar el anillo que, casi un año después, colgaba de su cuello en una cadena.

No tenía ganas de que llegara esa noche, porque tenía que hablar con sus padres.

Hacía once meses que no tenía ningún contacto con Niklas. Once meses para que Meg empezara a sanar. Pero seguía sin haber empezado.

Le dolía recordar los buenos ratos.

Los ratos malos casi la habían matado.

Sorprendentemente, ni siquiera sabía si lamentaba haberlo conocido.

Niklas dos Santos había cambiado su vida, a pesar de su brevísima incursión en ella. Conocerlo la había cambiado. El infierno hacía más fuerte a la gente. Meg había decidido que solo tenía una vida y por fin iba a cumplir su sueño y estudiar para ser chef. Solo le quedaba decírselo a sus padres. Y lo haría esa noche.

Lo extraño era que le habría gustado contarle su decisión a Niklas; estaba luchando consigo misma para no ponerse en contacto con él.

Por doloroso que fuera recordar, por brutal que hubiera sido su marcha, una parte de ella agradecía el mayor error que había cometido en su vida. Las lágrimas le quemaron los ojos.

Eso era lo único distinto ese día.

No había llorado por él desde aquella mañana. De hecho, sí había llorado una vez, un par de semanas después cuando le bajó el periodo. Meg había caído de rodillas en el suelo del cuarto de baño y lloró, pero no de alivio, sino porque ya no quedaba nada entre ellos.

Nada que contarle.

Ninguna razón para llamarlo.

Aparte del papeleo, todo había acabado.

Así que durante casi todo un año había intentado no pensar en él, aunque le resultaba imposible no hacerlo.

Cada día esperaba la llegada de un grueso sobre legal con matasellos brasileño que no había llegado nunca.

Cada noche era una lucha para no pensar.

A veces Meg sentía la tentación de buscar en Internet y descubrir más sobre el hombre a quien no podía olvidar, pero le daba miedo hacerlo. Temía que solo ver su cara en la pantalla la llevaría a telefonearlo y suplicar.

Hasta ese punto lo echaba de menos.

A veces se enfadaba y quería ponerse en contacto con él para que iniciara los trámites de divorcio, pero sabía que no era más que una excusa para llamarlo. Meg sabía que no necesitaba hablar con él, pero no había iniciado el sencillo proceso de divorcio porque cuando lo hiciera todo dejaría de ser el sueño que parecía.

Entonces, tocaba el frío metal del anillo y se convencía que había sido algo real.

Miró el reloj y comprobó que era hora de almorzar. Agradeciendo la oportunidad de tomar un poco de aire fresco mientras dilucidaba cómo decirles a sus padres que iba a dejar la empresa familiar, estuvo a punto de no contestar al teléfono que sonaba.

Deseó no haberlo hecho, porque Helen, su secretaria, le comunicó que unos nuevos clientes insistían en verla de inmediato.

—No sin cita —Meg movió la cabeza. Estaba harta de clientes exigentes que contaban con su disponibilidad–. Me voy a almorzar.

—Ya les he dicho que estás a punto de salir a almorzar —Helen parecía nerviosa–. Pero han dicho que esperarían a que volvieras. Insisten en verte hoy.

Meg estaba harta de esa palabra, todo el mundo «insistía» últimamente. Y como no había demasiado trabajo, sus padres también insistían en plegarse a las irrazonables exigencias de clientes en potencia.

—Diles que tienen que pedir cita —dijo Meg, pero se quedó helada al oír el apellido.

Un apellido que le produjo oleadas de calor y frío simultáneas.

De frío porque había temido la llegada de ese día, el día en que el único error de su vida reapareciera para atormentarla; de calor por los recuerdos que le traía el apellido Dos Santos.

—¿Está aquí? —gimió–. ¿Niklas está aquí?

—No —contestó Helen. A Meg la frustró sentir decepción por esa respuesta–. Pero estas personas vienen por algo relativo a un tal señor Dos Santos, e insisten mucho en...

—Diles que me esperen un momento.

Meg necesitaba ese momento. Se hundió en su silla y se sirvió un vaso de agua, mientras se obligaba a calmarse. Comprobó su aspecto en un espejo de mano que guardaba en el cajón. Llevaba el pelo recogido en una coleta y, aunque algo pálida, se veía compuesta, excepto por un atisbo de miedo en sus ojos.

Meg se dijo que no había nada que temer. No esperaba problemas. Ya había pasado casi un año. Sin duda, se trataba de un equipo legal que necesitaba su firma en la demanda de divorcio. Cerró los ojos e intentó calmarse. Por desgracia, solo se vio a sí misma con Niklas, un revoltijo de piernas y brazos en una cama. Ese hombre se había llevado su corazón al marcharse, y había llegado el momento del fin.

Se levantó cuando Helen hizo entrar a los visitantes y les indicó en qué sillas sentarse. Después, Helen les ofreció agua o café, que todos rechazaron con educación. Cuando salió y cerró la puerta, Meg se dirigió a los visitantes.

—¿Deseaban verme?

—Primero nos gustaría presentarnos —dijo un caballero bien hablado.

Se presentó él, a su colega y por último a Rosa, una mujer que tomó la palabra. Meg pensó que tendría unos cuarenta años, pero era difícil calcular su edad. Era muy elegante, con maquillaje y peinado impecables, y un acento muy parecido al de Niklas. Meg intentó no pensar en cuánto le recordaba a la voz que oía cada noche en sus sueños. Hizo un esfuerzo por concentrarse en Rosa, que le decía que trabajaba para el bufete que utilizaba el señor Dos Santos. La puso al corriente de sus titulaciones y de la estructura de la empresa; sin duda eran abogados de nivel superior con intenciones muy claras. Meg no entendía por qué Niklas había considerado necesario enviar a tres de sus mejores abogados a Australia para ocuparse del divorcio.

Una carta habría bastado.

–En primer lugar –dijo Rosa–, antes de seguir adelante, le pedimos discreción.

Eran las palabras más dulces que Meg podía oír en esa situación.

–Insistimos en su discreción absoluta –reiteró Rosa. A Meg se le erizó el vello.

–Necesitaría saber para qué están aquí antes de darle esa garantía.

–¿Está casada con Niklas dos Santos?

–Creo que todos sabemos eso –apuntó Meg.

–¿Y sabe que su esposo se enfrenta a graves cargos de malversación y fraude?

–No tenía ni idea –contestó Meg, sintiendo un intenso escalofrío.

–Si es declarado culpable, probablemente pase el resto de su vida en la cárcel.

Meg se pasó la lengua por los labios y notó el sabor del pintalabios que se había aplicado poco antes. Notó que el sudor perlaba su frente y sintió náuseas al imaginar a un hombre como Niklas privado de libertad. La enfermaba imaginar qué podría haber hecho para enfrentarse a una sentencia de cadena perpetua.

–Es inocente –dijo el hombre que había hecho las presentaciones. Meg enarcó una ceja, pero no hizo ningún comentario.

Era lógico que su gente, sus abogados, dijeran que era inocente.

Meg se miró las uñas, haciendo un esfuerzo para no llevarse la mano al pelo. No quería darles ninguna pista de su nerviosismo.

–Creemos que han puesto una trampa a Niklas.

–No veo qué tiene que ver esto conmigo –dijo Meg, mirando las tres caras, una tras otra. La sorprendió la firmeza de su voz. Sonaba como una abogada, una mujer con control, aunque en absoluto se sentía así por dentro–. Estuvimos casados menos de veinticuatro horas, y entonces Niklas decidió que había sido un error. Sin duda, tenía razón. Apenas nos conocíamos. Yo no sabía nada de sus negocios. Nunca hablamos de...

–Creemos que es el director de nuestro bufete quien pretende inculpar a Niklas.

Entonces Meg empezó a comprender la gravedad de la situación. Esa gente, además de defender a su cliente, estaba implicando a su jefe.

–Hemos tenido muy poco acceso al caso, que en algo tan importante es poco habitual, y sin acceso a la evidencia es imposible plantear una defensa rigurosa. Por razones ajenas a nuestra comprensión, creemos que Miguel quiere hundir a Niklas. Obviamente, no podemos permitir que nuestro jefe sepa que sospechamos de él. Es el único que puede acceder a Niklas mientras espera la fecha del juicio.

–¿Está en prisión ahora?

–Hace meses que lo está.

Meg llevó la mano a su vaso de agua, pero estaba vacío. Lo rellenó con manos temblorosas. No soportaba la idea de él encerrado, en prisión, no quería vivir con las pesadillas que esa gente le había llevado. Quería que se fueran.

–Es terrible, pero... –no sabía cómo podía ayudarlos, no conocía el sistema legal brasileño y no sabía por qué estaban allí–. No entiendo qué tiene esto que ver conmigo. Como he dicho, no sé nada de sus negocios –de repente, empezó a sentir pánico; tal vez como esposa suya estuviera más involucrada de lo que creía estar.

–Hemos presentado una solicitud que permita a Niklas ejercer sus derechos conyugales.

Meg sintió el tronar de su propio pulso en los oídos y vació otro vaso de agua. Su garganta seguía seca como una lija. Se llevó las manos al pelo y lió un mechón en su dedo, una y otra vez.

–Niklas tiene derecho a una llamada telefónica a la semana y a una visita conyugal de dos horas cada tres semanas. Lo llevarán ante el juez dentro de quince días para fijar la fecha del juicio y necesitamos que vuele allí. Cuando lo vea el jueves, tiene que decirle que despida a su abogado cuando esté ante el juez, pero que no dé ninguna pista de sus intenciones antes. Cuando haya despedido a Miguel, lo sustituiremos.

–No –Meg negó con la cabeza y desenredó el dedo. Estaba segura de su respuesta, no necesitaba pensarlo ni un momento. Quería que se fueran.

–La única forma que tenemos de ponernos en contacto con él, es a través de su esposa.

–Le telefonearé –era lo máximo que podía hacer–. Han dicho que tiene derecho a una llamada semanal –volvió a mover la cabeza, consciente de que las llamadas serían supervisadas–. No puedo verlo –no podía–. Solo estuvimos casados veinticuatro horas.

–Corríjame si me equivoco –dijo Rosa con firmeza–. Según nuestros datos, llevan casados casi un año.

–Sí, pero...

–¿No ha habido divorcio?

–No.

–Si Niklas hubiera muerto y estuviéramos aquí con un cheque, ¿me lo devolvería y diría «Solo estuvimos casados veinticuatro horas»? ¿Diría «Déselo a otra persona. Él no tuvo nada que ver conmigo»?

Meg enrojeció mientras buscaba una respuesta, pero no la tenía. Además, eso no detuvo a Rosa.

–Como no ha pedido una anulación, entiendo que el matrimonio se consumó sexualmente.

Meg enrojeció aún más, porque lo único que había habido entre ellos era sexo.

–Si se hubiera quedado embarazada, ¿no se habría puesto en contacto con él? ¿Habría dicho que no importaba porque solo estuvieron casados veinticuatro horas? ¿Le habría dicho eso a su hijo?

–No está siendo justa.

–El sistema no está siendo justo con mi cliente –dijo Rosa–. Su esposo será declarado culpable de un crimen que no cometió si no le da nuestro mensaje.

–¿Y se supone que tengo que volar a Brasil y sentarme en una celda y simular que somos...?

–No habrá simulación, tendrá que haber sexo –dijo Rosa–. Creo que no entiende lo que está en juego, ni entiende el riesgo que supondría para Niklas y su caso si se descubriera que estamos intentando pasarle información. Habría sospechas si la cama y la papelera no demostraran que...

Afortunadamente no entró en detalles, pero lo dicho bastó para que Meg volviera a negar.

–He oído suficiente, gracias. Empezaré a preparar la demanda de divorcio hoy mismo –se puso en pie.

Ellos siguieron sentados.

–Casarme con Niklas fue el mayor error de mi vida –afirmó Meg–. No tengo ninguna intención de revisitar ese error, y menos aún de... –sacudió la cabeza–. No. Cometimos un gran error.

–Niklas nunca comete errores –replicó Rosa–. Por eso sabemos que es inocente. Por eso trabajamos a espaldas de nuestro jefe, para conseguir que se le haga justicia –miró a Meg–. Es su única oportunidad y, sea o no agradable, aunque le parezca un insulto personal, tiene que ocurrir.

Le entregó un sobre. Meg lo abrió y encontró un itinerario y billetes de avión.

–Tengo una vida –saltó Meg–. Un trabajo, obligaciones.

–Se ha aprobado una visita para el jueves. Es la única oportunidad de entrar en contacto con él antes de la vista oral, dentro de dos semanas. Cuando lo haya visto, puede ir a Hawái, aunque es posible que la necesitemos otra vez dentro de tres semanas, si las cosas no van bien.

–No –no sabía cómo dejarlo claro–. No lo haré.

–Puede que quiera dar carpetazo a todo esto, pero no puede –aseveró Rosa, impertérrita–. Niklas se merece esta oportunidad y la tendrá. Cuando consulte su cuenta bancaria comprobará que su tiempo ha sido recompensado con creces.

–¿Disculpe? –Meg estaba furiosa–. ¿Cómo se atreven? ¿Cómo diablos han...? –pero no se trataba de cómo habían encontrado sus datos bancarios. Ese no era el problema–. No es un problema de dinero.

–Entonces, ¿es un problema moral? –la interpeló Rosa–. ¿Es usted demasiado importante para acostarse con su esposo, incluso si eso implica que pase el resto de su vida entre rejas?

Rosa hacía que sonara muy simple.

–Para ser el mayor error de su vida, no eligió nada mal, ¿verdad? –rezongó Rosa–. Va a recibir dinero por acostarse con Niklas, no me parece que eso sea un castigo.

Meg buscó su mirada y estuvo segura de que Rosa y él se habían acostado. Ambas se miraron fijamente, perdidas en sus propios pensamientos. Después, Rosa se puso en pie con el labio torcido y le dio su descarada opinión.

–No le iría mal dejar de creerse tan importante.

Capítulo 7

CUANDO se fueron, Meg hizo lo que llevaba un año evitando hacer.

Buscó información sobre el hombre con quien se había casado y descubrió lo poderoso que era, o había sido antes de que lo denunciaran. Entendió que el Niklas dos Santos sobre el que estaba leyendo se molestara por tener que viajar en clase business. Y después leyó sobre la conmoción que había causado su arresto. Aunque Niklas tenía reputación de ser despiadado en los negocios, también la tenía de ser honesto, y aparentemente por eso le había resultado tan fácil convencer a muchos ricachones de desprenderse de millones. Habían creído las mentiras que les contaban. La confianza de sus socios de negocios los habían convertido en ingenuos y, a pesar de las alegaciones de inocencia de Rosa y sus colegas, los artículos para Meg daban lugar a la duda.

Al fin y al cabo, ella sabía lo poco que le había costado entenderla y jugar con ella. Meg había visto otro lado de Niklas, uno que no le gustaba.

Sin embargo, tal y como había dicho Rosa, era su marido y, por lo visto, ella era su única esperanza de que tuviera un juicio justo.

Después, Meg pinchó en imágenes que deseó no

haber visto. La primera era de él esposado cuando lo metían dentro de un coche de policía.

Había muchas más fotos de Niklas, pero no eran del hombre que conocía. Llevaba traje y la corbata bien anudada, y el cabello tal y como lo recordaba, pero en ninguna sonreía. Ni una sola imagen capturaba al Niklas que había conocido.

Después encontró otra imagen, la que resultó más dolorosa de ver.

Su rostro arrogante estaba ceñudo, tenía tres arañazos en la mejilla, hechos por sus uñas, y un cardenal en el cuello, debido a su boca. Meg leyó el titular *Dos Santos vira outra mulher!* Pinchó en el texto para obtener la traducción. Quería saber si había regresado esa mañana y sido arrestado de inmediato, saber si esa había sido la razón de su crueldad con ella. ¿Había sabido que iban a arrestarlo y la había dejado para protegerla? Esperó la traducción conteniendo la respiración: *Dos Santos hiere a otra mujer!*

E incluso sabiéndolo en prisión, a un mundo de distancia, eso volvió a romperle el corazón.

Llamaron a la puerta. Su madre no esperó respuesta, abrió y entró.

—Helen me ha dicho que has tenido visitas.

—Así es.

—¿Quiénes eran?

—Amigos.

Vio que su madre fruncía los labios y supo que no se marcharía hasta averiguar quiénes eran esos amigos y qué querían. Incluso antes de la llegada de las visitas, Meg había sabido que la esperaba una conversación difícil con sus padres, así que decidió que era un buen momento para tenerla.

–¿Puedes ir a buscar a papá? –dijo con una débil sonrisa–. Necesito hablar con los dos.

No fue nada bien.

«Después de todo lo que hemos hecho por ti» fue la frase dominante, que Meg había esperado oír, cuando les dijo que había decidido no seguir trabajando en la empresa familiar.

No mencionó a Niklas. Ya tenían bastante que digerir sin añadir la noticia de que tenían un yerno. En prisión, para más inri.

Tendría que haber sido una conversación mucho más difícil, sin embargo, tenía la sensación de que había reservado sus emociones y miedos para lo que estaba por llegar. Así que Meg soportó la conversación pálida e incómoda, pero distante.

–¿Por qué ibas a querer ser chef? –su madre simplemente no entendía que su hija pudiera querer algo que no habían elegido para ella–. Eres abogada, por Dios santo, ¿y quieres trabajar en una cocina?

–No sé lo que quiero hacer exactamente –intervino Meg–. Ni siquiera sé si me aceptarán.

–Entonces, ¿por qué renunciar a todo?

Ella no sabía cómo contestar, no sabía cómo decirles que no tenía la sensación de estar renunciando a nada, sino más bien de estar recuperando su vida.

Les dijo que iba a tomarse unas vacaciones, aunque no estaba segura de ir a hacerlo, pero incluso sin las noticias sobre Niklas, parecía sensato tomarse unas semanas mientras sus padres se calmaban.

–Luego volveré y trabajaré un par de meses –explicó–. No es que vaya a irme sin más.

Pero en opinión de sus padres ya lo había hecho.

Más tarde, sentada en el balcón de su pequeño piso, admirando la fantástica vista, Meg pensó en su día. Lo que tendría que haber sido una difícil conversación con sus padres y que la habría llevado a sentirse culpable y preguntarse si había manejado bien la situación, apenas ocupaba espacio en su mente. En vez de eso, estaba centrada en el otro gran problema que tenía por delante.

Pausadamente, analizó las tres cosas que tenía y probaban que su relación con Niklas había existido.

Sacó el anillo de la cadena que colgaba de su cuello y recordó la certeza que había sentido cuando él se lo puso, a pesar de que le había dicho que no sería para siempre, se había sentido bien.

Después, sacó el certificado de matrimonio de la mesilla y miró su firma: *Niklas dos Santos*. Vio el punto tras el nombre y recordó el sonido de su pluma cuando lo hizo.

Después examinó la tercera cosa, la más dolorosa de todas: un corazón que once meses después seguía exquisitamente sensible.

No había habido nadie desde entonces, no había pensado en otro hombre. Se sintió mareada al examinar sus sentimientos, temiendo lo que encontraría. La verdad estaba allí y no había querido verla. Dolía demasiado admitirla.

Lo amaba.

O, más bien, lo había amado.

Si no fuera así, no se habría casado con él. Meg lo sabía en el fondo de su corazón. Y, lo quisiera él o no, ese amor había existido. Su breve matrimonio con él había sido real para Meg.

Y, como Rosa había dicho, seguían casados.

Empezaba a refrescar, así que Meg entró en casa

y leyó el itinerario que le había dado Rosa. Después miró el nombre de la cárcel en la que estaba y le costó creer que estuviera allí, y más aún que tal vez ella también lo estaría el jueves.

Estaría.

Meg se puso el anillo en el dedo.

Era una decisión difícil, pero no le costó tomarla. Rosa tenía razón. Legalmente, seguía siendo su marido.

Pero no fueron los términos legales lo que la decidieron. Fue una parte de sí misma, que necesitaba superar, pero hasta que lo hiciera, en todos los sentidos, Niklas aún era su esposo.

Aunque el hotel y los vuelos estaban reservados, Rosa le había dicho que tendría que solucionar cualquier problema a través de la agencia de viajes. En ninguna circunstancia podía ponerse en contacto con ellos. Nadie podía saber que los conocía, no solo por protegerlos a ellos, o incluso a Niklas, sino por su propia seguridad.

Había captado el peligro pero evitado pensar en él; intentaba enfrentarse a una vida que acababa de cambiar por completo otra vez.

Tuvo otra discusión con sus padres, enorme esa vez. No entendían por qué su hija, normalmente sensata, podía querer irse a Brasil de repente.

–¡Brasil! –había gritado su madre, anonadada–. ¿Por qué diablos quieres ir a Brasil?

No fueron al aeropuerto a despedirse. Sin embargo, el resultado tuvo algo de positivo: Meg apenas se dio cuenta del despegue del avión. Su mente estaba demasiado absorta en la idea de que iba a ver a Niklas.

Y tampoco lo notó cuando cambió de avión para volar a Santiago, consciente de que era la última parte del viaje antes de verlo. Poco después del despegue, la azafata le ofreció una bebida.

–Una tónica –dijo Meg, pero cambió de opinión y añadió ginebra.

–¿Va de vacaciones? –le preguntó su compañera de asiento, una mujer mayor que, según dijo, tenía primos en São Paulo.

–Sí –dijo Meg–. Más o menos.

–¿Va a visitar a la familia?

–A mi marido –le resultó extraño decirlo, pero al fin y al cabo llevaba puesto su anillo y llevaba el certificado en el bolso. Tendría que decir eso mismo en la aduana, así que era mejor practicar–. Primero a Brasil y después tres semanas a Hawái.

–Fantástico –la anciana sonrió y Meg le devolvió la sonrisa.

Igual que había deseado Niklas el día que lo conoció deseó que su compañera de asiento guardara silencio. No podía decirle el motivo de su visita.

Pidió otro gin-tonic, pero no la ayudó.

Lloró mientras descendían hacia São Paulo; nunca había visto nada igual. Bajo ella se extendía un mar de ciudad, kilómetros y kilómetros de edificios y rascacielos. La población de la ciudad era casi equivalente a la población total de Australia, y Meg nunca se había sentido más pequeña y perdida.

El aterrizaje fue terrorífico, más aún porque él lo había mencionado, más aún al ver la cercana coexistencia entre coches, aviones y ciudad, más aún porque por fin estaba allí.

Sorprendentemente, sus ojos lo buscaron tras salir

de la aduana, un estúpido destello de esperanza de que todo fuera una broma de mal gusto y que él estaría allí esperando con un ramo de flores y un beso.

Pero no era una broma. No era un juego. No había nadie esperando para recibirla.

Meg salió del aeropuerto e intentó conseguir un taxi, pero nunca había visto una cola tan larga para pedir uno. Estaba agotada y abrumada; una vez más, Niklas la había sacado de su terreno.

El chófer tenía la música muy alta y las ventanillas bajadas. La llevó por calles oscuras hasta Jardins. Allí todo era ruidoso también. La ciudad vibraba de vida. Había puestos de comida en las calles y captaba aromas desconocidos cada vez que paraban en un semáforo. Era demasiada ciudad para ella. Meg pensó que tenía sentido: era la ciudad de la que provenía Niklas.

Lo único que deseaba era llegar a su habitación.

Desaliñada, confusa y cansada, Meg pagó al taxista cuando se detuvo ante un hotel de varios pisos. En cuanto entró, supo que estaba de vuelta en el mundo de Niklas.

Un entorno moderno, cosmopolita y con personal exquisito y deslumbrante.

Fue un alivio entrar en su habitación y contemplar las ajetreadas calles por la ventana, sabiendo que al día siguiente tomaría otro taxi para visitar a Niklas en la prisión.

Meg escrutó el horizonte, preguntándose en qué dirección estaría él y si tenía la más mínima idea de que ella estaba allí.

Pasó un largo rato preguntándose cómo se enfrentaría a él al día siguiente.

–Hola, mamá –llamó no porque le hubieran dicho que lo hiciera, ni siquiera la hablaban, sino porque, a pesar de sus diferencias, Meg quería a sus padres y necesitaba sentirse bien con ellos.

–¿Qué tal Brasil? –la voz de su madre sonó tensa, pero al menos le habló.

–Impresionante. Pero no he visto mucho.

–¿Has reservado alguna excursión?

–Aún no –dijo Meg. Se quedó callada un momento. No le gustaba mentir, y menos a sus padres, pero se descubría haciéndolo cada dos por tres. Al día siguiente volvería a llamarlos para decirles que había cambiado de opinión y pasaría el resto de sus vacaciones en Hawái. Se preguntó cómo reaccionarían a eso.

Más que nada, Meg quería que el día siguiente pasara, para poder tumbarse en la playa y, a ser posible, sanar de una vez por todas. No se había atrevido a meter la solicitud de divorcio en la maleta, por si daba lugar a preguntas en la aduana, pero en cuanto volviera a casa la enviaría.

Su corazón no podía aguantar más de él.

–¿Cómo está papá?

–Preocupado –respondió su madre. A Meg se le encogió el corazón, odiaba que se preocuparan por ella–. Va a costar un dineral contratar a un nuevo abogado.

Meg sabía que su madre no pretendía herirla, pero lo había hecho. La empresa siempre estaba por encima de todo para ellos.

–Ya os dije que trabajaré un par de meses cuando vuelva. No tenéis que precipitaros. Y no necesitáis un abogado a tiempo completo; podéis contratarlo por horas. Lo estudiaremos cuando vuelva.

–¿Entonces, vas a volver?

Meg sonrió para sí. Quizás no todo se centrara en

la empresa. Aunque podían ser muy difíciles a veces, era cierto que querían lo mejor para ella y la querían, Meg era muy consciente de eso.

–Claro que sí. Solo me he tomado unas semanas para aclararme la cabeza. Estaré allí antes de que os dé tiempo a echarme de menos.

Le resultó imposible dormir. Odiaba la idea del día siguiente, de volver a verlo, el impacto que supondría verlo cara a cara. Solo pensar en él era emocionalmente agotador pensar en él.

Por no hablar de verlo.

Por no hablar de hacer el amor con él.

Si Meg durmió, no fue mucho, y estuvo en pie mucho antes de que sonara el despertador. Pidió el desayuno, pero tenía el estómago como una montaña rusa y fue un esfuerzo tragar un poco de pan con queso a la plancha.

Sin embargo, agradeció el café.

Si no lo hubiera querido, no podría hacer lo que iba hacer.

Pero si no lo hubiera querido no se habría casado con él y no estaría metida en ese lío.

Recordó sus crueles palabras de aquella mañana, tantos meses atrás, y supo que el amor no tenía lugar en esa situación.

Después del amago de desayuno se tumbó en la bañera, intentando prepararse para lo que estaba por llegar, sin saber cómo. Mientras se afeitaba las piernas se preguntó si lo hacía por el placer de él o por su propio orgullo. Le ocurrió lo mismo mientras se daba aceite perfumado en todo el cuerpo. Se puso ropa interior sencilla, color carne, un vestido recto verde oliva y sandalias de cuero sin tacón. Le temblaba la mano demasiado para maquillarse, así que no lo hizo.

Rosa le había dado el nombre de una buena empresa de conductores, preferible a un taxi, y la recepción del hotel llamó para decirle que su chófer la esperaba. Cuando salía de la habitación miró a su alrededor, preguntándose cómo se sentiría cuando volviera. A esa hora del día siguiente, estaría en un avión rumbo a Hawái. Y para entonces todo habría acabado porque, dijera lo que dijera Rosa, no volvería a verlo.

Una vez era suficiente.

Dos veces podrían acabar con ella.

Así que miró la habitación e intentó no pensar en lo que tenía que ocurrir antes de que volviera.

Condujeron por la ciudad más diversa del mundo, pasaron ante el palacio de Justicia, donde estaría Niklas al cabo de dos semanas, y Meg admiró la impresionante ciudad. Había belleza, lujo y también mucha pobreza. Pensó en Niklas creciendo en las calles, en lo lejos que había llegado antes de caer. No lo conocía lo bastante como para creer en su inocencia. Podía ser una tonta en el amor, pero no era tonta a ciegas. Sin embargo, él se merecía un juicio justo.

Meg nunca había sentido tanto miedo como cuando llegaron a la cárcel. Ver la torre de vigilancia, los sonidos al entrar, la vergüenza del interrogatorio... Examinaron sus documentos, le sacaron una foto y le leyeron sus derechos, o más bien los de su marido. Podía regresar tres semanas después; podía llamarlo una vez a la semana a la hora estipulada y hablar con él diez minutos. Aunque Meg aceptó el papel con el número de teléfono, sabía que no lo utilizaría nunca.

Después, una agente de prisiones la examinó para comprobar que no llevaba nada oculto y Meg cerró los ojos, pensando que escupiría a Rosa a la cara si volvía a verla, hasta que le permitieron volverse a vestir. Quizás fuera cierto que se creía demasiado importante, pero mientras la conducían por un pasillo oyó a dos guardas mencionar el apellido Dos Santos un par de veces, y aunque no entendió lo que decían, captó el tono lujurioso del comentario. Mientras esperaba la llegada de Niklas, Meg supo que, aunque tuviera que dejar de darse importancia, en ese momento quien había dejado de tener importancia para siempre era él.

Capítulo 8

LA RANURA de la puerta se abrió y pasaron la comida, templada e insulsa. Niklas tenía hambre y vació el plato de judías y arroz en silencio.

Su compañero de celda hizo lo mismo.

Era como ambos sobrevivían.

Se negaba a permitir que el ruido constante y los gritos de los demás presos lo irritaran. No se quejaba de la comida ni de la suciedad. Desde el primer día de su llegada, exceptuando alguna palabra imprescindible, había guardado silencio, se había adaptado al sistema aunque algunos guardias habían intentado provocarlo.

Cuando llegó a prisión le hablaron de su compañero de celda y de las palizas que podía esperar. Mientras se quitaba el traje, los zapatos, el reloj y las joyas, habían advertido al chico rico lo mal que le irían las cosas. Después lo habían examinado y duchado con una manguera.

Niklas no había dicho nada.

Lo habían empapado con una manguera muchas veces antes.

No había espejo donde mirarse, así que desde que lo habían rapado, se pasaba la mano por la cabeza. Llevaba el uniforme de tela vaquera y áspera sin pensarlo. Había llevado ropa peor y había estado más sucio y hambriento en muchas otras ocasiones.

Niklas conocía la calle. Había crecido en el peor entorno y había sobrevivido. Había salido de la nada y había vuelto a ella, como siempre había temido. Pertenecía a ese mundo anónimo y brutal, y era el que merecía. Niklas había llegado a pensar que tal vez su auténtico hogar estuviera allí, no bebiendo champán y degustando caviar; ni planteándose comprar una casa en la montaña y formar una familia. Había sido un idiota al permitirse pensarlo, un idiota al bajar la guardia, porque esas cosas no eran para él.

Habían congelado sus cuentas y sus amigos y colegas dudaban de él. Sentir las esposas cerrarse en sus muñecas había supuesto un alivio temporal mientras Niklas volvía al duro mundo que siempre había sabido que lo reclamaría. Pero ese alivio se había diluido y dado paso a un intenso sentimiento de injusticia. A veces tenía la sensación de que iba a estallarle la cabeza, y estaba tan tenso que se creía capaz de arrancar los barrotes de la ventana de la celda con las manos, o atrapar balas con los dientes; pero procuraba no pensar en eso.

Nunca mostraba su ira y apenas hablaba.

Su compañero de celda era uno de los hombres más temidos de la prisión. Dirigía el lugar y tenía contactos dentro y fuera. Los guardias habían pensado que ponerlos juntos sería como poner dos toros en el mismo prado. El lema de São Paulo era «No me dirigen. Dirijo». Así que habían puesto al chico rico que dirigía el mundo de los negocios con el hombre que dirigía a los presos, y habían esperado oír a Dos Santos llorar. Pero cuando lo metieron en la celda, Niklas había sostenido la mirada de Fernando y asentido con la cabeza. Había dado las buenas tardes y no había obtenido respuesta; Niklas no había vuelto a hablarle. Ignoraba a su compañero, eso convenía a los dos, y con el paso de los meses la tensión se había disipado. El silencio entre ellos era amigable; ambos respetaban la intimidad del otro en una amistad sin palabras.

Niklas terminó su comida. No tardaría en hacer su tabla de ejercicios.

Hacía una semana que no les dejaban salir al patio, así que se ejercitaba en la celda. Se imponía un ritmo y seguía sus rutinas para mantener la cordura. Aunque se había adaptado al sistema y seguía las normas de la prisión, empezaba a rechazarlas cada vez más. En su interior había ido creciendo la ira y no podía dejarla explotar, porque quería estar allí cuando fijaran la fecha de su juicio, no en una celda de aislamiento.

Se tumbó en su litera e intentó no esperanzarse demasiado con la idea de salir bajo fianza quince días después, tras la vista preliminar. Miguel le había dicho que no confiara en la fianza, había involucrada demasiada gente de alto nivel que no quería verlo libre.

–No hay nadie involucrado –había protestado Niklas en su última reunión–. Porque yo no hice nada. Eso es lo que tenéis que demostrar.

–Y lo haremos –había dicho Miguel.

–¿Dónde está Rosa? –Niklas había pedido que fuera Rosa en esa visita. Le gustaba su forma directa de hablar y quería oír su opinión, pero una vez más había sido Miguel quien apareció.

–Ella... –Miguel parecía incómodo–. Quiere verte. Le pedí que viniera, pero...

–¿Pero qué?

–Silvio –replicó Miguel–. No quiere que esté aquí contigo.

Y Niklas entendía eso.

El marido de Rosa, Silvio, se había quejado de que Rosa trabajara para él. Niklas y Rosa habían salido juntos antes de que ella conociera a Silvio. Aunque ya no hubiera nada entre ellos, el que trabajara para Niklas seguía causando problemas.

Mientras rememoraba conversaciones, a falta de algo mejor que hacer, Niklas comprendió que Silvio no quisiera que Rosa lo visitara.

No habría ocurrido nada entre ellos, pero él no solo necesitaba la agudeza mental de Rosa. Ese lugar apestaba a testosterona, a macho airado, y Rosa era lo bastante abierta para saber que él necesitaría regalarse la vista. Le dejaría hacerlo y se vestiría bien para él.

Intentaba no pensar en Meg, ni siquiera quería imaginársela allí, pero le resultaba imposible.

Como su mente se empeñaba en divagar, puso coto a esos pensamientos y se centró en la vista preliminar. Su frustración por la falta de progresos no dejaba de crecer. Su frustración en general estaba llegando al punto de fractura.

Bajó de la litera y empezó a hacer abdominales, contando mentalmente. Luego pasó a las flexiones, sin molestarse en contar. Decidió seguir hasta que le doliera el cuerpo. Pero su ira seguía creciendo. Quería estar fuera, no solo por la libertad, sino porque podría controlar las cosas, y dentro solo podía controlar sus rutinas. Así que, cuando un guarda llegó a la puerta, ignoró sus burlas y siguió haciendo flexiones.

—Eres un hombre con suerte, Dos Santos.

Él siguió con sus ejercicios.

—¿A quién has pagado?

Niklas no contestó.

—Tienes una esposa muy guapa.

Entonces sí hizo una pausa de un segundo antes de continuar. El guarda no sabía de lo que hablaba. Nadie sabía nada de Meg, solo intentaban provocarlo, liar su cabeza.

—Está aquí, esperando para verte.

Entonces se abrió la ranura de la puerta y le dijeron que se levantara. No tuvo otra opción que obedecer. Niklas se puso en pie y su mirada se cruzó con la de Fernando, algo poco habitual. El cambio de rutina era notable para ambos.

Niklas sacó las manos por la abertura y le pusieron las esposas. Después se abrió la puerta y salió. Caminó por el pasillo y bajó por los escalones de metal, oyendo los comentarios soeces y burlas de otros prisioneros. El guarda le dio un par de empujones, pero Niklas no reaccionó. Se preguntaba qué había ocurrido.

Supuso que Miguel había tirado de algunos hilos y contratado a una prostituta.

Dio gracias a Dios. Tal vez a sí su mente aguantaría hasta el día del juicio.

Pero no demostró la más mínima emoción. Las muestras de debilidad tenían malas consecuencias; era algo que había aprendido con ocho años.

Se recordó en el nuevo orfanato al que lo habían enviado, el tercero de su vida y el peor con diferencia. Le habían dado una buena noticia, una nueva familia lo esperaba. El encargado le había dicho que era una familia fantástica. Ricos, bien alimentados y bien vestidos, tenían cuanto querían en el mundo excepto hijos. Más que nada deseaban un hijo y habían elegido a Niklas.

Su corazón había saltado de alegría. Odiaba el orfanato, un duro hogar para chicos, con empleados a menudo crueles. Había estado sonriente y emocionado cuando abrieron la puerta, preparándose para conocer a su nueva familia.

Los empleados que lo esperaban se habían reído de él hasta hacerle llorar, habían comentado la broma toda la noche. ¿Cómo se había atrevido a pensar que una familia podía quererlo?

Esa había sido la última vez que Niklas había llorado. Su última muestra de emoción verdadera.

Desde entonces lo guardaba todo dentro.

No daría a los guardas de la prisión el mismo placer. Fuera cual fuera su plan, no les daría la satisfacción de leer su expresión.

Pero entonces la vio. No se había permitido pensar que podía ser Meg.

Ella no encajaba allí. Eso fue lo primero que pensó al verla con un vestido suelto de lino. Su pelo brillaba como oro bruñido y cobre, del color del sol que veía por la ventana de la celda al anochecer. Vio como la ansiedad de sus ojos se transformaba en horror al ver su cabeza afeitada y su tosca ropa. Su vergüenza porque lo viera así fue como una puñalada, y perdió el control de su expresión un instante. Mantuvo la vista al frente mientras le quitaban las esposas y, aunque en silencio, su mente se desató. A la izquierda estaba Andros, el guarda del que menos se fiaba, y volvió a pensar que Meg no debía de estar allí. Quería saber quién diablos había organizado el encuentro y quién había aprobado la visita, porque aún estando encerrado, le había dicho a Miguel que no hiciera nada sin antes pedir su aprobación.

Notó cómo Andros observaba cuando ella se acercó, y captó el miedo y la ansiedad de su voz cuando le habló.

–Te he echado mucho de menos.

Estaba representando un papel. Niklas era consciente de eso. Pero cuando sus labios rozaron su mejilla, eso le dio igual. El contacto fue el primer regalo para sus sentidos en meses. Lo asombró la suavidad de su piel. Quería saber el porqué y el cómo de su visita, quería saber qué estaba ocurriendo, pero su primer instinto no fue besarla, sino protegerla, y eso implicaba representar un papel, porque Andros observaba.

Era un beso para otros e intentó que su mente lo viera así; sin embargo, su aliento sabía a aire libre y tuvo que beberlo. Sentirla en sus brazos le ofrecía un escape temporal. Fue Meg quien finalmente se apartó.

Tenía las mejillas ardiendo y los ojos húmedos de lágrimas de vergüenza, dolor e ira. Apretó los labios cuando un guarda dijo algo que hizo reír a otro. Se abrió una puerta y entraron en una habitación pequeña, sencillamente amueblada. El guarda les gritó algo, obviamente soez, y la puerta se cerró tras ellos. Meg, consciente de que las piernas no la sostenían, se sentó en una silla.

Estaba conmocionada no solo por el impacto de verlo: Niklas con el pelo tan corto como la sombra de barba que oscurecía su mentón, vestido con el tosco uniforme de preso. Aun así era el hombre más guapo que había visto nunca. No solo por el impacto de haber probado de nuevo su boca, sentido su piel y revivido los recuerdos de su única noche juntos. Era por todo: el viaje hasta allí, la pobreza que había visto en las calles, la imagen de la prisión cuando llegó, la torre de vigilancia y los guardas armados, y la vergüenza del cacheo. Todo eso tendría que haber puesto fin a cualquier sentimiento que tuviera por él.

Pero no. Había tenido que enfrentarse al impacto

de verlo de nuevo, de saborearlo. Se quedó sentada preguntándose cómo, después de cuanto había tenido que pasar, su corazón tronaba por estar de nuevo a su lado. Quería superar cualquier sentimiento por él para salvaguardar su cordura, así que intentó no mirarlo.

Él le ofreció un vaso de agua y ella bebió. Niklas había visto su shock, el daño que le había hecho el poco tiempo que llevaba en ese lugar, y volvió a pensar que no encajaba allí.

−¿Por qué? −preguntó con un susurro ronco, arrodillándose junto a ella−. ¿Por qué has venido?

Ella no contestó. Meg no podía abrir la boca.

−¿Por qué? −exigió Niklas.

Entonces, ella lo miró y él recordó la última vez que la había visto. Porque aunque no apretaba los dientes, percibía su cólera, veía la ira que destellaba en sus ojos verdes. Cuando por fin le contestó, fue como si escupiera las palabras.

−Por lo visto, tienes derecho a tenerme.

Niklas recordó la primera vez que la había visto. Estaba nerviosa pero feliz, y supo que era él quien la había reducido al estado en el que se encontraba. Veía el dolor y el asco en sus ojos al contemplar al hombre con quien se había casado, un hombre que no era nada.

No quería su caridad.

−Gracias, pero no, gracias.

Fue hacia la puerta para llamar a los guardias. Tal vez se arrepintiera después, pero no quería pasar ni un minuto más en esa habitación.

−Niklas −llamó ella. Se dijo que no podía pensar en lo que había ocurrido entre ellos, no se trataba de igualar el tanteo, estaba allí por una única razón−. Tu gente me ha dicho... −empezó. Él giró para mirarla−. Tengo que decirte...

Niklas la silenció llevándose un dedo a los labios y señalando la puerta con la cabeza. No se fiaba de nadie, no lo había hecho nunca y no iba a empezar a hacerlo allí. Cerró los ojos un segundo y rectificó mentalmente. Durante un tiempo había confiado en ella, y seguía haciéndolo. Se acercó de nuevo, volvió a arrodillarse y aproximó la cabeza a su boca, para que le susurrara lo que sabía.

–Miguel trabaja en contra tuya. Tienes que pedir un cambio de abogado para el juicio...

Él echó la cabeza hacia atrás y Meg lo vio absorber la noticia. Con voz queda, le dijo lo poco que sabía. El rostro de Niklas adquirió un tono grisáceo y sus ojos destellaron como carbón. Tragó como si sintiera bilis en la boca e inspiró con ira. Su susurro de contestación sonó áspero.

–No.

Tenía que ser una mentira, porque si su propio abogado estaba trabajando en su contra, pasaría entre rejas el resto de su vida.

Ella tenía que estar mintiendo.

–¿Cómo? –exigió–. ¿Por qué?

–No sé más que lo que te he dicho –repuso Meg–. Es cuanto me han contado.

–¿Cuándo? –insistió él, enfadado–. ¿Cuándo te lo han contado?

Ella le habló de la visita. De cómo el lunes por la mañana Rosa y sus colegas habían aparecido en su oficina de Sídney.

–No tendrían que haberte enviado –estaba lívido de ira–. Es demasiado peligroso...

–Está bien...

No estaba nada bien. Él lo sabía.

–Niklas... –le contó todo lo que le habían dicho:

era necesario que hubiera sexo, porque comprobarían la cama y la papelera. Los guardas no podían sospechar que estaba allí por otra razón.

Él vio cómo su rostro ardía de vergüenza, y ella vio cuánto lo asqueaba el mal trago que la había hecho pasar.

—Está bien, Niklas —susurró—. Sé lo que estoy haciendo —percibía su furia; era como otra presencia en la habitación.

—No deberías de estar aquí.

—Es mi decisión.

—Entonces es la decisión errónea.

—Se me da muy bien tomar ese tipo de decisiones cuando estoy contigo, por lo visto. Además —musitó con voz ronca—, no tienes por qué preocuparte, me pagas el favor muy bien.

—¿Cuánto?

Ella se lo dijo.

Y entonces él comprendió la gravedad de la situación, porque no tenía dinero. Todo su capital estaba congelado. Su equipo legal la había pagado con su propio dinero y eso templó la amargura que a veces lo consumía. Miró a la mujer a la que podría haber amado y volvió a sentir amargura; odiaba lo que el mundo le había hecho.

—Entonces, ¿no estás aquí por la bondad de tu corazón?

—Esa ya la tuviste —dijo Meg, mirando la cama—. ¿Podemos acabar con esto de una vez?

Él vio que tragaba saliva y supo que estaba atenazada por el miedo. Miró la puerta, consciente de que afuera había un guarda en el que no confiaba, y que no debía sospechar siquiera la verdadera razón de que ella estuviera allí.

Pagada para estar allí, se recordó Niklas.

Había vuelto a no confiar en nadie.

Se levantó y arrancó la sábana de la cama. Ella se quedó sentada mientras la retorcía con las manos antes de tirarla. Oyó su ira cuando agarró el cabecero con las manos e hizo chocar la cama contra la pared. La ira de Niklas aumentó mientras movía la cama con más y más fuerza. Nunca en su vida había pagado por el sexo. Era cierto que habría agradecido una prostituta, pero nunca había tomado a Meg por una y su cabeza estuvo a punto de estallar mientras seguía golpeando la cama contra la pared. Ya no sabía a quién creer, y gritó mientras golpeaba la cama.

Meg sollozó, pero eso no disipó la furia que seguía creciendo en él. Agarró los preservativos de la mesilla y fue al pequeño aseo a ocuparse de que hubiera evidencia de un acto sexual. Meg se quedó sentada, escuchando y llorando. Entendía su furia, pero no se entendía a sí misma; incluso allí, entre suciedad y vergüenza, lo deseaba. Anhelaba estar con el hombre a quien tanto había echado de menos. No solo por el sexo, sino por el consuelo que, de alguna manera, él le hacía sentir.

—Niklas... —entró en el aseo y lo ignoró cuando él le ordenó, de malos modos, que se fuera. Estaba de espaldas a ella. Se situó a su lado y vio su mano moviéndose con rapidez. Él le ordenó de nuevo que se fuera y, como no obedeció, se lo dijo en francés y en español.

—¿De cuántas maneras necesitas oírlo?

La vergüenza de que lo viera así, de verse reducido a eso, era inconmensurable. Había estado de espaldas a Meg porque no podía soportar verla, pero ella había conseguido interponerse entre él y la pared y besaba su boca. Una de sus manos se había unido a la suya.

–Déjame.

–No –lo acarició.

–Déjame –ordenó, mientras ella se bajaba las bragas con la otra mano.

–No.

Entonces ella rodeó su cuello con los brazos y se apretó contra él, intentando besarlo. Él la apartó.

–No sabes el fuego con el que estás jugando.

–Quiero hacerlo.

Deseaba cada parte de él, quería un poco más de lo que nunca llegaría a tener por completo. Un hombre como Niklas solo podía ser suyo de prestado. Había volado hacia él porque tenía que hacerlo, no por el dinero ni por hacer lo ético por su marido. Puramente por él mismo. Su ira no la había asustado ni un instante.

Ni siquiera cuando le levantó el vestido con manos ásperas, tuvo miedo.

Él la alzó, la situó sobre él y la hizo bajar sobre su miembro. El sexo más básico era su única liberación y ella rodeó su cintura con las piernas y se abrazó a su cuello. Él la besó con violencia y sus dientes chocaron y atacó su lengua con furia. El áspero tacto de la tela vaquera en sus muslos no era nada comparado con la aspereza que sentía en su interior y en la espalda, apretada contra la pared. Meg sentía su cólera estallar dentro de ella y eso le permitió airarse también por muchas cosas: por estar allí, por seguir deseándolo, porque ese hombre siguiera afectándola tan profundamente.

Sus propios gemidos y gritos, que él apagó con su boca, consternaron a Meg aún más, casi la asustaron, pero no tuvo miedo de él mientras clavaba los dedos en sus caderas y la hacía bajar y subir. Notó lo rápidamente que crecía la tensión que iba a llevarla al orgasmo, como si llevara once meses esperando para estar con él, como si su cuerpo hubiera estado esperando a que lo hiciera libre.

Niklas también sintió un destello de confusión, porque sus gritos y las contracciones de sus músculos internos, la tensión de su espalda y los espasmos de sus muslos no podían ser fingidos. Había creído que era un acto de caridad, sexo pagado en el mejor de los casos, sexo por lástima en el peor, pero lo cierto era que ella lo deseaba de nuevo, como había hecho en el pasado. Cuando se vertió en su interior recordó lo bien que habían estado juntos. Nunca lloraba, pero estuvo más cerca de hacerlo que nunca. Ambos estaban empapados de alivio y liberación y sus besos se tornaron más suaves y tiernos. Entonces oyó el goteo del grifo y abrió los ojos al entorno, a la realidad que los rodeaba. Ya no había lugar para más besos y se la quitó de encima.

La dejó en el suelo.

Ella se negó a permitir que la dejara por orgullo y siguió besándolo. Abrió su camisa y apoyó las manos en su pecho. Él tuvo la sensación de que lo abrasaba, porque no había sentido el contacto de otra piel en la suya durante muchos meses. Odió sentirse expuesto a la curiosidad de sus dedos. Solo quería sexo, no a ella, pero Meg seguía explorándolo y sus dedos eran un placer. Él no quería que estuviera allí; sin embargo, deseaba tenerla cada segundo del tiempo concedido.

Después habría muchas horas para pensar y decidir qué hacer respecto a Miguel. En ese momento, quería aprovechar cada minuto con ella.

La llevó a la cama y la desnudó antes de desnudarse él. Ella observó los cambios de su cuerpo. Estaba más delgado, pero más musculoso, y su rostro no era el que había visto en el avión, era más serio y colérico. Sin embargo, un momento antes había sentido su dolor y su afecto; durante un instante había visto un atisbo del hombre a quien había conocido.

–¿Por eso pusiste fin a todo de repente? –le preguntó cuando se tumbó a su lado, mirando al techo–. ¿Descubriste los problemas que tenías?

–Entonces no lo sabía –Niklas pensó que sería más fácil para ella si mentía.

–¿Entonces, qué ocurrió esa mañana para que todo cambiara?

–Hablé con mi equipo de trabajo, me di cuenta de cuánto tenía entre manos...

–No te creo.

–Pues cree tu cuento de hadas, si lo prefieres –Niklas encogió los hombros.

–¿Vas a volver a decirme que madure? –preguntó ella–. Porque maduré hace tiempo, mucho antes de que tú me conocieras. He comprendido que no seguía en mi trabajo por debilidad, sino porque no me gusta pisotear a la gente que me importa. Y no creo que tú lo hagas –hizo una pausa–. Creo que yo te importaba.

–Cree lo que quieras.

–Lo haré –dijo Meg–. Y tú me importas.

–Eso me da igual.

La habían pagado muy bien para que estuviera allí con él. Ya le había dicho lo que había ido a decirle y el reloj corría. Tendría que aprovechar cada minuto, no perder el tiempo hablando, había cosas más básicas que hacer. Pero estaba con Meg, y ella no sabía separar una cosa de la otra.

–¿Cómo estás soportando estar aquí? ¿Cómo...? –empezó ella, pero él la interrumpió.

–Tenía razón la primera vez –se volvió para mirar
ese rostro que había visto por primera vez en un avión–.
Hablas demasiado. Y no quiero hablar de mí –antes
de empezar a besarla, se permitió el lujo de una pregunta–. ¿Sigues trabajando para tus padres?

–He dimitido. Ahora estoy intentando elegir un
curso –contestó Meg.

–Bien –dijo Niklas. Pensó en bajar la mano de ella
hacia su nueva erección, pero antes quería saber otra
cosa–. ¿Estás bien?

–Claro que sí.

–¿Eres feliz?

–Estoy intentando serlo.

–¿Saben tus padres que estás aquí?

–Saben que estoy en Brasil –sus ojos se llenaron
de lágrimas–. No saben que tengo un marido al que
estoy visitando en prisión.

–Tienes que irte de aquí –dijo Niklas–. En cuando
acabe esta visita.

–Vuelo a Hawái mañana.

–Bien –se dijo que eso bastaría, pero no estaba seguro–. Tal vez podrías cambiarlo a esta noche...

–Salgo a las seis de la mañana.

Él vio su mueca y recordó la conversación que habían tenido el día que se conocieron.

–¿Cómo fue tu aterrizaje? –por primera vez, sonrió. Le daba igual cuánto le hubieran pagado; que hubiera volado a Congonhas le bastaba para saber que
no estaba allí por dinero.

–No fue tan terrible... –empezó, pero luego dijo la
verdad–. Me quedé petrificada. Creí que iba a vomitar. Aunque –hizo una pausa–, tal vez eso fuera culpa
de la ginebra.

Él rio y ella también. Hacía casi un año que Niklas

no reía, pero esa mañana lo hizo. Ella le dio una patada y pelearon un poco, una pelea agradable y amistosa, y él volvió a llevarla al tiempo en que habían sido amantes con demasiada facilidad. Pero, como iba a ser la última vez que estaría allí, Meg se lo permitió. Nadie besaba como él. Era sencillamente perfecto, y sentir su erección entre las manos también lo era.

Niklas, preocupado por haber sido demasiado brusco, decidió que iría con mucha suavidad. No solo besó su boca, la besó por todas partes: su pelo, sus orejas y su cuello, inhalando su aroma. La besó hasta la cintura y más abajo, en el lugar donde quería estar. Había sido brusco, sin duda, porque la encontró caliente e hinchada, pero Meg sintió la suavidad de su beso y se perdió en él.

Cuando él supo que no podía aguantar más, agarró uno de los preservativos. Ella se lo quitó y él permitió que se lo pusiera. Antes de hacerlo lo besó y el disfrutó del contacto con los ojos cerrados. Dos horas nunca serían suficientes para todo lo que querían hacer. Él pensó en colocarse sobre ella, pero permitió que se situara sobre él porque si alzaba la vista hacia su rostro y su pelo podría olvidar por un rato dónde estaba.

Cuando ella lo miró mientras se movía sobre él, comprendió por qué estaba allí. Lo amaba. Aún. Su miedo a ir no había tenido nada que ver con el vuelo, la cárcel o el peligro. Era miedo a él, porque había sabido que solo podría olvidarlo si estaba con él otra vez.

Meg tendría que estar interrogándolo sobre su implicación en los cargos, insistiendo en descubrir la verdad, o tumbada de espaldas como una mártir mientras él la tomaba, anhelando salir de allí en cuanto acabara. Pero en vez de eso, le había dicho que él le importaba. En vez de eso estaba montándolo mientras él la acariciaba a placer. Él la observaba y cuando empezó a gemir la hizo callar, porque no quería dar a los guardias la satisfacción de excitarse con sus gemidos. Le puso la mano sobre la boca y ella la lamió y mordisqueó hasta que le metió los dedos dentro. Ambos llegaron al clímax a la vez; cuando llegó el momento se echó sobre él y su cabello cayó sobre su rostro, mientras él sentía el grito silencioso de sus músculos internos contrayéndose alrededor de su miembro.

Entonces fue cuando ella le dijo que lo amaba.

–No me conoces –repuso él.

–Pero quiero conocerte.

–Divórciate de mí –dijo él, aún en su interior–. Envía los papeles a Rosa y los firmaré.

–No quiero hacerlo.

–Sí quieres.

Ella sabía que no era así.

–Puedo verte otra vez dentro de tres semanas –estaba borracha de él–. Puedo asistir al juicio.

–¡Tienes que irte!

–Puedo llamarte los miércoles, cada semana.

A él le dio miedo lo que había despertado. No su pasión, sino que se quedara en Brasil.

–No.

–Sí puedo. Permiten una llamada a la semana.

Él la miró y supo que ella no podía volver allí. Con su propio abogado trabajando en su contra, probablemente estaba acabado. Pasaría el resto de su vida allí y no iba a hacerle eso a Meg. Incluso con nuevos abogados, los juicios se eternizaban en Brasil. Pasaría años encerrado. La levantó de encima y blasfemó en tres idiomas al ver que el preservativo estaba rasgado.

–Toma la píldora del día después. Cuando hable con mis nuevos abogados les pediré que inicien la demanda de divorcio.

–No.

–Debes irte a Hawái.

–Niklas...

Los guardas estaban llamando a la puerta. Su tiempo había acabado. Él se levantó y le tiró la ropa, pidiéndole que se vistiera rápidamente, porque no quería que la vieran. Ella siguió discutiendo mientras se ponía el sujetador, las bragas y el vestido. Incluso cuando él le subió la cremallera, seguía protestando.

–Hemos terminado –le dijo él.

Malgastó el tiempo diciéndole que tenían que terminar cuando tendría que haberle dicho lo peligrosa que era la situación, que no sabía qué estaba ocurriendo y que temía por su vida. Pero los guardas entraron y ya no pudo decirlo.

–Que tengas un buen vuelo –la urgió con los ojos, antes de darle un breve beso.

Capítulo 9

ELLA no quería tumbarse en una playa de Hawái. Era imposible curarse de él.

Quería estar cerca de él, quería estar allí para la vista preliminar. Anhelaba un milagro.

Él no querría que estuviera allí. Meg lo sabía.

Pero era su esposo y lo menos que podía hacer era estar en la ciudad. Podría verlo en las noticias, estaría cerca aunque él no lo supiera.

Y luego podría visitarlo otra vez antes de irse. No quería divorciarse, y necesitaba al menos una visita más para argumentar su decisión.

Meg, mientras cancelaba el viaje a Hawái para quedarse en Brasil, se dio cuenta de que era probable que se estuviera volviendo loca, pero así era como él hacía que se sintiera.

Se aventuró a salir a las ajetreadas calles y visitar la impresionante ciudad. Las vistas, los olores, la comida, el ruido, había de todo para sus distintos estados de ánimo.

Si no fuera por Niklas tal vez no habría visto nada de eso; no habría visitado la Pinacoteca, un fantástico museo de arte, ni el jardín con esculturas que había al lado.

Al principio Meg hizo vistas guiadas con otro montón de turistas, pero poco a poco fue sintonizando con la energía del lugar, las sonrisas y los pulgares en alto de los lugareños, y empezó a moverse sola. Se alegraba de estar allí, contenta con lo que veía, oía y sentía. Cada pequeña cosa. Podría haber dejado pasar su vida sin probar las *pamonhas* que los vendedores ambulantes vendían en la calle o en carritos, anunciando su presencia golpeando triángulos de metal. La primera vez que Meg había comprado una y mordido la pasta de maíz cocido había sido incapaz de terminarla. Pero al día siguiente había vuelto, atraída por el extraño sabor dulzón. Sin darse cuenta, había comprado una salada y descubierto que le gustaba más.

Había infinidad de cosas que aprender.

Anhelaba visitar la montaña, y hacer un viaje a las selvas de las que Niklas le había hablado, pero le resultaba demasiado doloroso hacerlo sin él.

No se atrevió a llamarlo esa primera semana. En vez de eso, a las seis de la tarde del miércoles fue a un restaurante que le recomendó el conserje del hotel y pidió *feijoada*. Tal vez no fuera el mismo restaurante del que le había hablado Niklas, pero se sintió como si los ángeles estuvieran alimentando su alma y supo que estaba donde tenía que estar.

Según pasaron los días se enamoró más y más de la ciudad, de sus contrastes, de las sensaciones que provocaba y de sus sonidos. La gente era la más bella y elegante que había visto nunca, pero la pobreza resultaba agresiva. Era un mundo que cambiaba en cada esquina; le encantaba el anonimato de estar en un lugar tan enorme y perderse en él, y lo hizo durante dos semanas.

Siguiendo sus instrucciones, no se puso en contacto con Rosa. Solo habló con sus padres, y no le dio a Niklas ninguna indicación de que seguía allí hasta la noche antes de la vista.

Su rostro apareció en televisión y un reportero dio una noticia a la puerta del tribunal. Meg dilucidó que *amanhã* significaba «mañana». Pero no podía esperar hasta el día siguiente. Tenía que oír su voz. Se había enamorado de un hombre que estaba en prisión y ella tendría que estar en Australia, felizmente divorciada, dando gracias al cielo por la oportunidad de volver a su vida, pero en vez de eso estaba sentada en una habitación de hotel mirando el teléfono.

Sin él se sentía confusa. La pasión y el amor que sentía solo parecían reales cuando estaba a su lado y la abrumaba el deseo de hablar con él. Contó los minutos hasta que llegó la hora de llamar.

Niklas sabía que llamaría. Lo intuía.

Andros fue a sacarlo de la celda y estaba sentado junto al teléfono a la hora concertada. La necesidad de que ella estuviera a salvo superaba cualquier deseo de oír su voz.

Apretó los dientes cuando sonó el teléfono y se preguntó si sería mejor no contestar. Pero necesitaba hacerle entender el mensaje: que saliera de su vida y lo dejara solo y en paz.

Cuando oyó su voz se dio cuenta de hasta qué punto la anhelaba y cerró los ojos con un inesperado alivio.

–Te dije que no llamaras.

–Quería desearte buena suerte para mañana.

–Solo es una vista para fijar la fecha del juicio –Niklas no se fiaba de los teléfonos. No se fiaba de sí mismo. Porque quería que lo visitara de nuevo. Quería que viviera en una casa en la montaña, a espaldas de la prisión, y que lo llamara cada miércoles y fuera a verlo cada tres semanas. Lo que más lo asustaba era que ella sería capaz de hacerlo–. No tenías que llamar por eso. Todo acabará en diez minutos.

–Aun así, espero que te den fecha pronto –dijo ella, consciente de que debía ser cuidadosa.

–¿Qué estás haciendo ahora?

–Hablar contigo.

–¿Va todo bien?

Ella sabía a qué se refería, había visto su expresión cuando se quitó el preservativo roto.

–Todo bien.

–¿Fuiste a una farmacia?

Cerró los ojos cuando ella no contestó. Volvió a imaginársela en una casa en la montaña, pero esa vez la vio con un bebé al lado y sintió un destello de esperanza egoísta.

–¿Qué tal Hawái? –la oyó tragar aire y notó que su voz sonaba muy aguda cuando contestó.

–Ya sabes –aventuró ella–. Agradable.

–No lo sé –dijo Niklas. Dejó de tratarse de lo que él quería, solo importaba que ella estuviera a salvo. Le habló con dureza–. Nunca he estado y quiero una postal. Quiero que hoy, esta noche, me escribas una postal desde Hawái.

Le estaba ordenando qué hacer y ella lo sabía.

–Niklas, aún me quedan vacaciones. He pensado que tal vez la semana que viene...

–¿Quieres que te paguen otra vez?

–Niklas, por favor... –odió que hubiera mencionado el dinero–. Solo quiero verte.

–Ya te has ganado tu paga, ve a gastar tu dinero en unas vacaciones.

–Niklas, sé que no dices eso en serio.

–¿Qué sabes tú? –su voz sonó oscura–. Estuvimos

casados un día y lo dedicamos al sexo. No sabes nada de mí.

–Sé que te importo. Sé que cuando me viste...

–¿Importarme? –rezongó él–. La única forma de conseguir sexo aquí es que me traigan a mi esposa, eso es todo. Estoy harto de conversaciones, y tú pareces querer tantas de esas como lo que das de lo otro.

–Niklas, por favor...

Pero él no la dejó hablar. Tenía que conseguir que se alejara. ¿Acaso no entendía que podía estar en peligro? Él no tenía ni idea de lo que estaba ocurriendo en el exterior y la quería lejos y a salvo, tenía que asegurarse de eso.

Así que volvió a ahogarla con palabras.

–Meg, si quieres venir por sexo, ven. Pero ten muy claro que no significas nada para mí.

Colgó el teléfono de golpe, no con ira, sino con miedo. Tenía la mente desbocada. Desde que sabía que Miguel estaba en su contra no dejaba de intentar dilucidar qué diablos estaba ocurriendo. Pero su cabeza se había llenado de ella y no quería preocuparse de que siguiera en Brasil.

Tenía que hablar con Rosa y descubrir qué ocurría.

Volvió a su celda con rostro inexpresivo, pero la cabeza le martilleaba. Maldijo entre dientes cuando Andros hizo una referencia a su preciosa esposa y le preguntó cómo una basura de la calle como él la había encontrado. Andros lo empujó escalera a arriba y Niklas volvió a maldecir, esa vez en francés.

–Cuidado, Dos Santos... –advirtió Andros, captando la ira creciente de su prisionero.

Niklas comprendió que pretendía provocarlo, porque Dos Santos era un apellido de huérfano. Niklas iba a maldecir de nuevo, esa vez en español, pero su cerebro funcionaba muy rápido, más que su boca. En ese momento comprendió lo que estaba ocurriendo.

El apellido Dos Santos significaba «de los Santos» en portugués, pero otra cosa en español.

Y se lo había puesto una monja española.

Dos Santos. Tenía un gemelo.

Fue como si una bomba explotara en su cerebro, y lo dedujo todo. Supo que su doble estaba por ahí fuera y había estado trabajando con Miguel en contra suya. Y lo atenazó el miedo al comprender que Meg corría un grave peligro.

Niklas no dijo nada cuando Andros volvió a provocarlo diciendo palabras soeces sobre su mujer. Se quedó inmóvil, sin reaccionar. Se acercó otro guarda, uno decente, como muchos otros.

–¿Problemas? –preguntó el guarda.

–Ningún problema –respondió Niklas, porque no quería que lo llevaran a aislamiento esa noche. Necesitaba volver a su celda.

Esperó a que le quitaran las esposas y entró en la celda. Allí buscó los ojos de Fernando y, por primera vez desde su llegada, le habló.

–Necesito tu ayuda –dijo, porque sabiendo lo que ocurría, era urgente actuar–. Necesito que te pongas en contacto con el exterior.

Capítulo 10

HABÍA pasado otra noche llorando por Niklas dos Santos, pero Meg se juró que sería la última.

Una parte de ella casi podía convencerse de que solo intentaba hacerla marchar, que esa era la razón de sus crueles palabras, pero la parte sensata de Meg decía que no era así. Su lado sensato le recordó que no sabía nada de ese hombre, que solo le había causado dolor de corazón y problemas desde el día que lo conoció.

En ese momento, Hawái sonaba muy atractivo.

Una semana en la playa concentrándose solo en la mejor manera de olvidarlo.

Era bastante después de mediodía y Meg seguía esperando que el agente de viajes le devolviera la llamada. Cuando lo hiciera, Meg iba a pedir que le reservara el primer vuelo y estaba haciendo el equipaje en previsión. No encendió la televisión para ver cómo iba la vista preliminar porque no quería captar ni un atisbo de su rostro; sabía que si veía a Niklas estaría perdida.

Quería el divorcio ya, quería estar lejísimos de allí y no desperdiciar ni un minuto más en él.

Pero cuando guardaba sus productos de aseo y metió los tampones en el neceser, Meg se dio cuenta de que todo podía ser más complicado.

Miró la caja sin abrir, de marca australiana, porque no había comprado más desde su llegada, e intentó recordar la fecha de su último periodo.

Pensó en los días de antes de la llegada de los abogados de Niklas, y estuvo segura de que llevaba varios días de retraso. Habían utilizado preservativos, pero el último se había roto.

Se preguntó si podría estar embarazada.

Y si se lo diría en caso de estarlo.

Meg se miró en el espejo y decidió que no podía ocultarle esa información. Incluso si pasaba el resto de su vida encerrado tenía que saber la verdad, y no era el tipo de noticia que se daba por carta. Quizás tendría que volver a visitarlo.

O tal vez no.

Seguramente una carta era más de lo que se merecía.

En cualquier caso, tenía que asegurarse antes.

Mientras salía de la habitación e iba hacia los ascensores, Meg se dijo que estaba reaccionando de forma exagerada. Preocupándose en exceso. Salió a la calle intentando convencerse de que con todo lo que había pasado esas últimas semanas, era muy lógico que su periodo se retrasara.

Las calles estaban ajetreadas, como siempre: coches parados, cláxones sonando y sirenas destellando mientras la policía intentaba hacerse paso a través de la locura que era el centro de São Paulo. Encontró una *pharmacia* y comprobó que por dentro era igual que cualquier farmacia del mundo, con pruebas de embarazo expuestas en los estantes. Meg no necesitaba hablar idiomas para saber que estaba comprando lo que necesitaba.

Lo que sí era diferente de Australia era que, en vez

de ser asaltada por un dependiente en cuanto entró, allí la estaban ignorando. El farmacéutico y los dependientes estaban tomándose un descanso y viendo la televisión. Meg empezó a impacientarse. Necesitaba saber si estaba embarazada. Tenía que tomar la decisión de decírselo o no a Niklas antes de irse de Brasil.

Por fin alguien se acercó a atenderla, aún charlando con sus colegas, y Meg se quedó helada cuando oyó a alguien gritar el apellido Dos Santos. El sudor perló su frente mientras pagaba porque, a pesar suyo, a pesar de todo, quería encender la televisión para saber cómo estaba él.

Casi corrió al hotel, aterrorizada por la intensidad de sus sentimientos, ya que solo oírlo nombrar conseguía petrificarla.

Su habitación estaba deliciosamente fresca y silenciosa en contraste con el caos exterior. Luchó para no encender la televisión, agarró el mando y lo lanzó por el aire, sin mirar dónde caía. La luz del teléfono indicaba que tenía un mensaje nuevo. Con la esperanza de que fuera la agente de viajes, pulsó el botón, pero oyó la voz de su madre. Meg no sabía cómo empezar a contarles a sus padres todo lo ocurrido. Siempre había creído que no sería necesario hacerlo, pero si la prueba de embarazo era positiva...

Notó que las lágrimas volvían a fluir, pero se negó a rendirse a ellas. Se las tragó y fue al cuarto de baño para hacerse la prueba. Llamaron a la puerta y Meg supuso que sería la camarera de habitación. No quería que entrara en ese momento. Necesitaba intimidad.

Así que fue a decírselo. Ni siquiera miró por la mirilla, abrió la puerta y la poca sensatez que quedaba en su mente la obligo a esforzarse por mantener la calma. Era Niklas. Se quedó paralizada, incapaz de reaccionar. Quería llorar, gritarle, preguntarle cómo diablos había llegado allí, pero se quedó quieta y muda.

–Esta bien... –entró en la habitación–. Sé que debe de ser un shock verme aquí.

–No entiendo...

–El juez lo entendió todo –dijo él–. ¿No lo has visto en las noticias?

–No las he visto.

–Eso está muy bien –le sonrió–. Así puedo darte yo mismo la buena nueva.

–No quiero oírla –estaba enfadadísima con él y por fin podía decírselo–. No he visto las noticias porque estoy harta de esto, Niklas. Harta de cómo me haces sentir a veces. No puedo seguir así.

–Estás disgustada.

–¿Te sorprende? –lo miró fijamente. Olía su colonia, la misma que había llevado el día que se conocieron. Vestía un traje impecable, estaba tan guapo como el día que se conocieron, era tan cruel como el día que puso fin a su relación. Pero Meg necesitaba saber–. ¿Te han dejado libre?

–He salido bajo fianza mientras se toman un tiempo para analizar la nueva evidencia.

–Después de cómo me hablaste anoche, yo también necesito tiempo para analizar –dijo Meg. Se negaba a volver a amarlo sin más. Le había hecho demasiado daño. Y no podía enterarse de si estaba embarazada con él cerca. Necesitaba hacer eso sola.

–Ven aquí –dio un paso para abrazarla.

–Márchate –con esfuerzo, movió la cabeza–. Vete Niklas. Voy a hacer lo que me dijiste. Me voy a Hawái.

–Estás disgustada.

–¿Por qué insistes en decir eso? ¡Claro que estoy disgustada! –gritó ella–. ¿Creías que no lo estaría? ¿Cómo demonios puedes justificar hablarme como me hablaste?

–Meg...

Fue hacia ella, que no quería que la abrazara, no quería que la derritiera de nuevo.

–A veces digo cosas estúpidas. Lo sabes.

–¿Cosas estúpidas? –había muchas otras formas de describir sus palabras–. Fueron más que estúpidas, fueron deleznables... –tomó aire–. ¿Por qué? –exigió–. ¿Por qué me hablaste así?

–Te he dicho que lo siento.

–No, no lo has hecho, y es obvio que no lo sientes tanto como yo sentí oírlo –fue a abrir la puerta para exigirle que saliera, pero él la detuvo y rodeó sus hombros con los brazos. Meg se quedó parada, sintiendo la quemazón de las lágrimas, recordando cómo habían hecho el amor y cuánto le había hecho sentir. Pero no podía volver a eso–. ¡Fuera! –lo empujó–. Lo digo en serio, Niklas...

–Meg... –posó la boca en su mejilla y ella movió la cabeza. Le tocó el pelo, pero ella apartó sus manos.

–Por favor, ¿no puedes dejarme ahora? Te llamaré después. Te...

En ese momento sonó el teléfono de él y la molestó que contestara. Sí, por supuesto que estaba ocupado, y tal vez debería de sentirse halagada porque hubiera ido directamente a verla, pero la irritó que pudiera parar en mitad de una discusión para contestar a una llamada. Colérica, decidió que estaba harta de excusarlo. Quería que se fuera y se lo dijo en cuanto él colgó.

–Estás enfadada –sonrió–. Estás bellísima cuando te enfadas –apuntó el teléfono en su dirección y ella parpadeó por el destello del flash.

–¿Qué demonios estás haciendo?

–He echado de menos este tipo de cosas. Quiero capturarlo todo.

–Yo solo quiero que te vayas.

Él se negó a escucharla.

–Vamos a dar un paseo.

–¿Un paseo?

Lo último que ella quería era dar un paseo. Quería que se marchara. Miró sus labios y ni siquiera su bonita boca acalló sus dudas. Quería que se fuera de una maldita vez.

–Un paseo aclarará el ambiente –dijo Niklas.

–No –negó con la cabeza–. Espero la llamada de la agencia de viajes.

–Volverán a llamar si no estás –encogió los hombros–. Ven. Quiero saborear el aire fresco. Sentir la lluvia.

Ella miró por la ventana. Sí estaba lloviendo y comprendió que él no habría sentido la lluvia en mucho tiempo. La alivió que no intentara seducirla, confundirla a base de besos, como hacía a menudo. Tenía la sensación de no conocerlo en absoluto.

–Meg, después de todo lo que hemos pasado, ¿no darás un paseo conmigo?

–Anoche me hiciste daño.

–Te pido disculpas –clavó los ojos negros en los suyos–. Meg, lo siento de verdad. Podemos volver a empezar, ahora que ya no tenemos todo esto sobre nuestras cabezas.

Pero ella era más fuerte de lo que había creído.

Lo miró a los ojos y, sencillamente, ya no lo deseaba, no quería volver a la montaña rusa que suponía estar con él. Fue entonces cuando tomó una decisión que le resultó muy fácil; miró al hombre que le había roto el corazón y supo que volvería a rompérselo. Y se negaba a permitirlo.

Se había terminado.

Fuera cual fuera el resultado de la prueba de embarazo, Meg sabía que era mejor averiguarlo lejos de él. Volaría a Hawái ese mismo día y buscaría la claridad que él nublaba tan fácilmente.

–Vamos –dijo él–. Quiero saborear mi libertad.

Meg pensó que tal vez fuera más fácil decirle que habían terminado en la calle. Porque sabía que sus besos la debilitaban. Así que asintió y fue por su chaqueta y a peinarse.

–No te preocupes por eso, tu pelo está bien así.

Niklas tenía razón, su pelo no importaba, de lo que Meg debía preocuparse era de su corazón. Bajaron en el ascensor y ella escrutó su rostro. Odiaba tener los ojos hinchados, y odiaba aún más que él fuera la causa.

Salieron a la calle y ella sintió la cálida lluvia tan habitual allí. Él intentó agarrar su mano, pero ella la apartó, negándose a darle más oportunidades. Ya había utilizado la última con sus asquerosas palabras la noche anterior, y hacía un momento con su patético amago de disculpa.

–Hemos terminado, Niklas –dijo. Él siguió andando–. Voy a pedir el divorcio.

–Vamos a un bar y hablaremos.

–No hay nada de qué hablar –Meg se detuvo, algo poco sensato en una calle tan ajetreada.

Se oyeron quejas de algunos peatones y él agarró su mano y la obligó a seguir. Meg estaba segura de

haber tomado la decisión correcta, porque no lo conocía, ni él a ella. Y un paseo no serviría de nada.
Solo sus besos le habrían dado una oportunidad porque lo único que funcionaba entre ellos era el sexo.
Tal vez estuviera loca por pensarlo, pero creía que un
hombre querría celebrar así su libertad. Si la amaba,
si la deseaba, habría querido llevarla a la cama, no de
paseo.

–Aquí cerca hay un bar que conozco –dijo Niklas–.
A un par de manzanas.

–No quiero ir a un bar.

–La calle es demasiado ruidosa. Allí podremos hablar.

–No quiero hablar.

Meg empezaba a sentir pánico y no sabía por qué.
Su mano le apretaba la muñeca y la obligaba a andar
más deprisa, con urgencia. Tuvo la corazonada de que
no había salido bajo fianza. Lo miró y, al ver que tenía la cabeza gacha, comprendió que quizás había escapado de la cárcel. Se oían sirenas de policía. También recordó al personal de la farmacia junto al
televisor, diciendo su nombre. Tal vez decían que
Niklas dos Santos había huido.

–Niklas...

Oyó música cuando giraron por una calle lateral,
se oía el sonido de los triángulos y olía a *pamonha*.
Había tanta gente que sin duda estaba a salvo. Liberó
su mano y dejó de andar, pero él se dio la vuelta y
tocó su mejilla. Ella se estremeció, pero no de placer.
Había algo oscuro y amenazador en sus ojos. Había
sido una tonta por relacionarse con ese hombre, por
haberse dejado llevar por su corazón: había acabado
en una callejuela de Brasil con un hombre al que temía.

–Vamos. Después hablaremos de hacia dónde va nuestra relación. Ahora quiero celebrar mi libertad contigo –apretó su brazo–. ¿No irás a negarme eso?

–Sí. Y quiero que me sueltes.

–No me estropees este día, Meg, ha sido un año muy largo para ambos. Ahora beberemos *cachaça,* nos relajaremos, bailaremos. Después podemos hablar, pero antes...

Bajó la cabeza para besarla, pero era demasiado tarde para eso y ella se apartó, confusa. Porque Niklas no bailaba. Era una de las pocas cosas que sabía de él. A no ser que fuera otra de sus mentiras. De repente tuvo miedo de verdad.

Giró para irse, pero él tiró de ella con brusquedad y la empujó contra la pared. Se abrió la chaqueta y le mostró una pistola.

–Intenta correr y será lo último que hagas.

–Niklas... –su voz sonó como si estuviera suplicando por su vida. Intentó demostrarle que no sentía pánico, razonar con un hombre al que no conocía, para huir–. ¿Por qué me necesitas? –preguntó–. Si te has escapado...

La gente se volvía para mirarlos, tal vez alertados por el pánico de su voz, aunque no gritaba. O tal vez porque si acababa de escapar su foto estaría en todos sitios, inundando las noticias. Quizás por eso él había bajado el rostro.

–¿Por qué me necesitas contigo?

–Porque eres mi última oportunidad.

Atrapó su boca con la suya.

Meg oyó un coche parar junto a ellos y supo que esa era su última oportunidad de escapar. Supo instintivamente que cuando se abrieran las puertas del coche la empujaría dentro y que por eso había contestado a la llamada, para organizarlo. Aterrada, Meg hizo lo único que se le ocurrió para sobrevivir. Le mordió el labio con todas sus fuerzas. En el segundo en el que se apartó, maldiciéndola en portugués y llevando la mano a la pistola, Meg echó a correr como nunca había corrido, más y más rápido al oír disparos.

Siguió corriendo hasta que unos brazos la atraparon y tiraron de ella, aplastándola contra el suelo. Notó que su mejilla golpeaba el pavimento y se raspó la pierna cuando intentó incorporarse para volver a correr. Oyó más disparos y miró hacia atrás. Vio coches de policía acercarse chirriando. Quienquiera que la hubiese protegido de él se había marchado. Entonces miró el cuerpo que había en el suelo y ya no vio más.

–¡Niklas! –gritó. Intentó correr hacia él porque, aunque lo odiaba, era una pura agonía verlo muerto y agujereado por las balas.

No podía dejar de gritar. Ni siquiera cuando otros brazos la rodearon y enterraron su rostro en la tosca tela vaquera de la prisión y olió, no el aroma de su colonia sino el de Niklas, su droga, un olor que había faltado hasta ese momento. Lo oyó decir una y otra vez que estaba a salvo, que él estaba allí y que todo iría bien, pero no lo creyó hasta que él alzó su barbilla y vio sus ojos, vio que su bella boca no estaba mordida y supo que, de alguna manera, era él.

Ella estaba a salvo.

Era su corazón el que volvía a estar en peligro.

Capítulo 11

MEG no volvió a verlo. En vez de eso, la llevaron a una comisaría. La prensa clamaba en la
puerta y la condujeron a hacer una declaración. Mientras esperaba a un intérprete, llegó Rosa.

Hizo su declaración lo mejor que pudo. No dejaban de hablar de gemelos y, aunque ya había diluci-
dado eso cuando Niklas la tuvo en sus brazos, su
mente estaba tan desconcertada y confusa que, aun
con interprete, le costaba entender las preguntas, por
no hablar de contestarlas.

Cada vez que cerraba los ojos veía a Niklas, o más
bien al hombre que había creído era Niklas, muerto en
el suelo. El dolor y el pánico que sintió al saber que
no volvería a verlo, que el hombre del que se había
enamorado estaba muerto, sería un recuerdo que la
acompañaría toda la vida.

Afortunadamente, Rosa le dijo a la policía que volvería con Meg al día siguiente, pero que en ese momento necesitaba paz, y lo aceptaron.

—Volveremos mañana a las diez —le dijo Rosa.

Salieron al vestíbulo y lo vio allí de pie, aún con
la ropa de la prisión. La tomó en sus brazos y ella
supo que debía tener cuidado; se había dado cuenta
de que a su lado no era fuerte, solo había sido capaz
de romper con Niklas cuando no era él.

—Sigo enfadada contigo.

–Supuse que lo estarías –besó su mejilla amora-
tada sin soltarla–. Discutiremos en la cama.

Eso sonaba mucho más como el Niklas que ella
conocía. La apretó contra sí y hundió el rostro en su
cabello, respirando agitadamente. Durante un instante
pensó que estaba llorando, pero él solo la sujetó un
momento más y habló contra su pelo.

–La prensa está afuera, así que saldremos por detrás. Voy a llevarte lejos de aquí. Yo tengo que quedarme en la ciudad, pero...

–*Não* –dijo Rosa.

Meg volvió a oír la palabra *amanhã* y comprendió
que Rosa le decía que Meg tenía que volver a la comisaría al día siguiente.

–Entonces llamaré a Carla.

Aún con el brazo alrededor de Meg, agarró el teléfono de Rosa y empezó a marcar el número. Mientras estaba ocupado, Meg se liberó de su abrazo y después, cuando subieron al coche que los esperaba, se
sentó en el asiento trasero, lejos de él, porque necesitaba algo de tiempo a solas.

Aunque salieron por detrás, la prensa consiguió algunas fotografías y fue horrible. Se lanzaron sobre el
coche para bloquear su salida, pero el chófer se libró
de ellos. Niklas le dijo que eso tal vez durara un tiempo
y que la llevaría al hotel. Vio la sorpresa en sus ojos.

–No volvemos a ese. Le he pedido a Carla que nos
reserve habitación en otro.

«Nos». Como si eso fuera cosa hecha.

Entraron al nuevo hotel también por la entrada tra-
sera y los condujeron directamente a un ascensor ya
en espera. Niklas pulsó una planta alta. Fue Meg
quien rompió el silencio.

–¿Te han liberado?

–Me han soltado bajo fianza.

–Entonces, ¿por qué sigues llevando ropa de...? –Meg movió la cabeza, estaba demasiado cansada para explicaciones en ese momento.

Cuando salieron del ascensor los guardas de seguridad del hotel estaban en el pasillo.

–Es por la prensa –dijo Niklas, pero a ella le parecía una prisión. Sin duda a él también, pero no dijo nada, se limitó a abrir la puerta y conducirla a una lujosa suite.

Meg se quedó parada un momento. Lo único que sabía con certeza era la ciudad en la que estaba y que Niklas estaba vivo. Recordó lo que había sentido al creerlo muerto y el miedo que la había atenazado antes, y empezó a temblar.

–Quería sacarte de la ciudad esta noche, pero como hay que ir a la comisaría mañana, es mejor que nos quedemos aquí. He pedido que hicieran tu equipaje, pero está en el otro hotel y tendrás que conformarte por ahora.

No se trataba de conformarse. Había comida y pronto podría darse un baño. Se sentó a tomar un café fuerte. Niklas le ofreció *cachaça,* la misma bebida que le habían ofrecido un rato antes, y se estremeció al recordarlo. Él abrió la nevera y, en vez de eso, abrió una botella de champán.

Era algo que ella no había bebido desde hacía casi un año. Desde el día de su boda.

Era la bebida que habían compartido el día que se conocieron. Él le sirvió una copa, la besó en la frente y brindaron por estar los dos allí. Fue una celebración muda, aún había mucho que decir pero Niklas se centró lo esencial para empezar.

–Tienes que llamar a tus padres.

–No sé qué decirles –admitió Meg. Le daban ganas de llorar solo con pensar en la conversación que iban a mantener, y lo mucho peor que sería por no haberles dicho nada antes.

–Diles la verdad –dijo Niklas–. Algo diluida –le dio un empujoncito–. Tienes que llamarlos ahora, por si oyen algo en las noticias o el consulado se pone en contacto con ellos. ¿Han intentado llamarte?

–Ni siquiera he traído el teléfono –dijo Meg.

–Estará en el otro hotel –dijo Niklas–. De momento, bastará con que sepan que estás a salvo. Yo hablaré con ellos si la cosa se pone difícil.

–No –negó con la cabeza. No quería que hablara con ellos. Sabía lo mal que iban a ir las cosas–. Yo lo haré.

–Ahora.

–Todavía no sé lo que ocurrió –dijo ella, pero levantó el teléfono porque él tenía razón. Tenían que saber que estaba bien–. Déjame –dijo. La alegró que él no protestara.

Niklas fue al dormitorio mientras ella marcaba. Contuvo el aliento al oír la voz de su madre.

–¿Qué tal Brasil? –preguntó Ruth–. ¿O esta semana es Hawái?

–Sigo en Brasil –dijo Meg. Su madre captó por el tono de su voz que pasaba algo.

–¿Qué ocurre?

Fue una conversación muy difícil. Primero tuvo que contarles lo de Las Vegas y cómo se había casado con un hombre al que acababa de conocer. Suavizó la historia bastante, pero tuvo que admitir que la mañana después de la boda Niklas la había disgustado y que había estado haciendo acopio de valor para divorciarse de él.

Su madre no dejaba de interrumpirla con las preguntas que gritaba su padre, preguntas irrelevantes, porque aún no sabían la mitad de la historia. Así que les dijo que había ido a Brasil a visitarlo porque lo habían arrestado, pero era inocente de todos los cargos. A esas alturas su madre gritaba y sollozaba y su padre exigía que le diera el teléfono. No estaban llegando a ningún sitio, así que cuando Niklas volvió la alegró darle el teléfono.

Entonces comprobó lo brillante que era y lo bien que manejaba a la gente, porque consiguió calmar a su padre.

—Mi intención cuando me casé con su hija era cuidar de ella. Pretendía decírselo a ustedes cuando descubrí que me estaban investigando.

Dijo unas cuantas cosas más y ella oyó como se calmaban los gritos con su explicación.

—Fui desagradable con ella a propósito, con la esperanza de que se divorciara de mí. Ella estaba confusa y avergonzada y por eso no se lo dijo. Yo quería mantenerla alejada de los problemas que se avecinaban, en eso fracasé y les pido disculpas.

No les contó todos los detalles, pero sí lo más pertinente, porque sabía que en cuanto colgaran correrían a buscar datos por sí mismos. Así que les habló del tiroteo con calma y reiterando que Meg estaba bien. Les dijo que podían llamar a cualquier hora del día o de la noche si tenían más preguntas. Después le devolvió el teléfono a Meg.

—Estás a salvo —dijo su madre.

—Lo estoy.

—Tenemos que hablar...

—Hablaremos.

—Podrías haberme dicho la verdad aquel día —dijo ella cuando colgó, muy enfadada.

–¿Cómo? ¿Querías que te dijera que me estaban investigando por fraude y malversación? ¿Que el hombre al que habías conocido hacía veinticuatro horas se enfrentaba a treinta y cinco años de cárcel? –la miró–. ¿Qué habrías dicho?

–Quizás te habría sugerido que no volvieras hasta que descubriera qué tenían en contra tuya –le espetó ella–. Puede que no sea la mejor del mundo, pero soy abogada.

–Mi propio abogado me decía que volviera de inmediato –se habría dado de patadas, porque si hubiera confiado en ella tal vez no habría vuelto de inmediato, habría buscado más información antes de tomar un vuelo directo al infierno.

–Tenía que volver a enfrentarme a la situación –dijo Niklas–. ¿Me habrías apoyado?

–Nunca me diste esa oportunidad.

–Porque era lo que más miedo me daba –se arrodilló junto a ella–. Nunca me preguntaste si era culpable.

–No.

–Ni en tu visita, ni cuando me llamaste. ¿Creías que era inocente?

–Tenía la esperanza de que lo fuera.

–Había demasiado amor para dejarse llevar por el sentido común –dijo Niklas.

Ella se alegró cuando la dejó sola y fue al cuarto de baño. Oyó su suspiro de alivio cuando se sumergió en la bañera. Pensó en sus palabras; aunque había esperado que fuera inocente, eso no había cambiado sus sentimientos por él y eso le había dado miedo. Pasado un rato fue a verlo.

–Lo siento mucho –él la miró–. Siento lo que os he hecho pasar a ti y a tu familia.

–No ha sido culpa tuya.

–No. Pero te he asustado y esto podría haberte costado la vida... –la miró y le hizo la misma pregunta que la policía–. ¿Te hizo algo?

–Aparte de apuntarme con una pistola –sabía bien a qué se refería él–, no.

Ella lo vio cerrar los ojos con alivio y supo con certeza que antes había llorado.

–Quería pasear –dijo Meg–. Entonces fue cuando empecé a preocuparme –le ofreció una leve sonrisa–. No acababa de ser el Niklas que conozco –su sonrisa se borró–. Sigo enfadada por lo que dijiste por teléfono.

–Quería que te fueras. Quería que estuvieras tan enfadada, tan disgustada, como para subir al siguiente avión.

–Iba a hacerlo.

–¿Quieres que te cuente lo que ocurrió?

Ella sí quería y él le ofreció la mano, suponiendo que se metería en la bañera con él. Estaba sucia y desaliñada, y quería sentirse limpia y escuchar su historia. Así que se desnudó y se metió en el agua. Apoyó la espalda en su pecho y él lavó sus cardenales mientras hablaba.

–Se montó un gran alboroto en el juzgado –empezó Niklas–. Todo estalló cuando pedí un nuevo abogado y Rosa presentó la evidencia que implicaba a Miguel. Lo arrestaron de inmediato, pero yo tuve que volver a la cárcel. Sabía que no podían soltarme sin más. Les dije que corrías peligro, pero no me escucharon. Cuando me llevaban de vuelta, él se puso en contacto con Carla y le pidió dinero. Dijo que tenía a mi mujer y envió una foto por el móvil. Entonces, por fin, la policía creyó que tenía un hermano gemelo.

–¿Sabías que tenías un hermano gemelo? –ella lo miró con el entrecejo fruncido.

–Lo adiviné ayer, después de hablar contigo.

–¿Cómo?

–Tenía sentido. Sabía que era inocente.

–¿Pero cómo lo descubriste?

–Maldigo en varios idiomas –dijo. Ella sonrió porque era verdad–. Estaba enfadado después de hablar contigo, me preocupaba que no te fueras y maldije en portugués. El guarda me advirtió que tuviera cuidado, me llamó Dos Santos y oí la burla en el tono de su voz. Pensé que se refería a que yo provenía de un orfanato y volví a jurar. Después dijo algo sobre ti y blasfemé de nuevo, en español.

Seguía enjabonándole los brazos y tenía la boca en su cuello, sin besarla, solo respirando.

–La primera monja que me cuidó, hasta que cumplí los tres años, me enseñó español

Meg seguía teniendo la frente arrugada.

–En portugués Dos Santos significa «de los santos» –explicó Niklas–, nunca había pensado que mi apellido pudiera ser español.

–Dos –ella se volvió hacia él–, «dos santos».

–Éramos dos, y por eso la monja nos puso ese apellido. Tenía sentido. Por lo visto, el mes antes de que me arrestaran estuve comiendo y celebrando reuniones con gente muy poderosa, convenciéndolos para que invirtieran.

–¡Dios mío!

–Miguel y él estaban utilizando a mis contactos. Hace un par de meses creí que había perdido el teléfono, pero ellos lo tenían y estaban desviando todos los números. Ambos sabían que no tenían mucho tiempo antes de que yo lo descubriera, o los bancos o la policía, así que fueron rápidos obteniendo dinero gracias a mi reputación. Mi abogado tenía todas las razones del mundo para querer que me sentenciaran a cadena perpetua, todas las razones para ocultarme la evidencia que me convertía en culpable. Porque en cuanto la viera, yo sabría la verdad. Que no había hecho esas cosas.

Inspiró profundamente.

–Entiendo que engañara a la gente. Cuando lo vi allí tumbado me pareció estar viéndome a mí mismo –no ahondó más en sus sentimientos–. Se llamaba Emilios dos Santos. La policía me dijo que había vivido en la calle toda su vida, pero no tenía antecedentes, solo advertencias por mendigar. Supongo que estaba cansado de no tener nada. Cuando descubrió que Miguel había sido arrestado, debió de pensar que eras su última oportunidad para sacarme dinero.

–¿Cómo supo que estaba aquí? ¿Cómo supo en qué hotel...?

–Los guardas de la prisión, tal vez –encogió los hombros–. Quizás Miguel pagaba a alguien para que me vigilara. Y te obligarían a dar una dirección que estaría en la lista de visitantes.

Entonces ella comprendió lo peligroso que había sido no marcharse cuando él se lo pidió.

–Tendría que haberme ido a Hawái.

–Sí. Así es –Niklas lo pensó un momento. Si Meg se hubiera ido, si no hubiera temido por ella, tal vez no habría descubierto la verdad.

–En cualquier caso, da igual –dijo Meg–. Ya se acabó.

Él no contestó y cuando giró la cabeza para mirarlo, vio la agonía y el agotamiento en su rostro. Se recriminó en silencio. Al fin y al cabo, había perdido a su gemelo y, a pesar de lo ocurrido, eso tenía que dolerle.

—Tal vez quiso hablar contigo cuando descubrió que tenía un gemelo y Miguel lo disuadió al ver la oportunidad de ganar mucho dinero fácil. Puede que no le diera otra opción.

—No quiero hablar de eso.

Como siempre, volvía a cerrarse a ella.

En ese momento sonó el teléfono, había uno en el cuarto de baño, y Niklas contestó.

—Es tu padre —le pasó el aparato a Meg. Esa vez no hubo gritos, sus padres hicieron más preguntas, le dijeron cuánto la querían y cuánto deseaban que volviera a casa lo antes posible.

Mientras hablaba, ella se alegró de estar apoyada en él, pero sin ver su rostro. Después, su padre solicitó hablar con Niklas y él aceptó el teléfono y lo escuchó.

—Tenemos que hacer más declaraciones en comisaría, así que Meg tiene que quedarse unos días más —dijo Niklas—, pero la llevaré a un lugar tranquilo —escuchó un momento antes de volver a hablar—. Ahora está cansada, pero veré qué quiere hacer por la mañana, después de que haya hablado con la policía.

Se despidió y ella frunció el ceño, porque su tono de voz sonó bastante amistoso.

—Creo que empiezo a caerle bien.

Meg sabía demasiado bien lo fácil que era que eso ocurriera.

—Te quieren en casa, Meg.

—Lo sé, pero quiero estar aquí contigo.

—Pues necesitan verte —dijo Niklas—. Necesitan comprobar por sí mismos que no estás herida.

—Eso lo sé... —quería oírlo decir que iría con ella, o que nunca la dejaría marchar, pero él no lo dijo.

Quería más de él, quería ser parte integral de su vida, pero Niklas seguía sin abrirle la puerta.

–Esto no cambia las cosas, ¿verdad? –volvió la cabeza y miró al hombre que le había dicho desde el principio que no durarían juntos.

Él no contestó.

A Meg la sorprendió no llorar.

–Nunca encontrarás otro amor como este –lo decía en serio, sin arrogancia, porque aunque él no lo aceptara, incluso si se negaba a creerlo, lo quisiera o no, lo que había entre ellos era amor.

–Te dije el primer día que no sería para siempre.

–Entonces no nos queríamos tanto.

–Nunca he dicho que te quiera.

–Lo hiciste antes.

–Dije que había demasiado amor para tener sentido común –aclaró Niklas–. Demasiado amor para que tú pensaras a derechas.

–No te creo.

–Puedes creer en cuentos de hadas si quieres –lo dijo de una forma mucho más agradable que la última vez, pero el mensaje era el mismo–. Meg, te dije que nunca podría asentarme en un sitio, que no podía comprometerme con una persona para siempre. Te lo dije.

Sí se lo había dicho.

–Y te dije que no me va lo del amor.

Sí se lo había dicho.

–Dijiste que querías esto todo el tiempo que durara.

A ella su voz le sonó más amable y cariñosa que nunca.

–Dentro de unos días, cuando acaben los interrogatorios, tendrás que volver a casa con tu familia.

Aunque ella se había prometido no llorar, sí lloró un poco. Él capturó una de sus lágrimas con el pulgar antes de agachar la cabeza para lamerla. Ella oía el tictac del reloj, sabía que cada beso que compartieran a partir de ese momento podía ser el último, que pronto sería un beso de despedida.

–Podría durar... –ella movió la cabeza y abrió la boca para discutir, pero él se adelantó.

–No quiero esperar a que lleguen las peleas y el desencanto. No quiero que nos hagamos eso, porque lo que tenemos ahora es muy bueno. Pero, no, no puede durar...

Por esa razón, ella aceptaría sus besos, esa noche olvidaría el hecho de que era una relación temporal. Porque esa noche quizás necesitaba escapar, y era posible que él también.

Y aunque Niklas no iba a admitirlo y prefería no compartir sus sentimientos, se sentía como si acabara de pasar del infierno al cielo cuando buscó y encontró su boca.

Ella tenía la boca magullada, pero él la besó con mucha suavidad. Le dolía la mejilla y tenía rozaduras en las piernas. Sabía que no conseguiría retenerlo, que por el momento él la besaría, guiado por la culpabilidad y el miedo, y que después, ese hombre al que en realidad no conocía volvería a una vida que ella no había compartido. No era el amor lo que hacían. Era el ahora.

Meg se lo repitió una y otra vez.

Creyó que le haría el amor en el agua, pero la llevó mojada a la cama y la secó con una toalla. Después besó cada uno de sus cardenales y subió por sus piernas hasta besar la parte más íntima de su ser y hacerla gemir de frustración. Él le tapó la boca porque seguía habiendo guardas afuera, pero ella lo deseaba, quería todo su cuerpo. Entonces se deslizó en su interior con una lentitud increíble, saboreando cada embestida, pero ella siguió sin oír las palabras que necesitaba. Se mordió los labios cuando alcanzó el clímax, entregándole su cuerpo mientras intentaba recuperar un corazón que ese hombre no quería pero ya tenía.

Capítulo 12

MEG se despertó por la noche, llorando y asustada, y Niklas la abrazó con fuerza antes de hacerle el amor otra vez.

Se lo habría hecho de nuevo por la mañana, estaba tirando de ella por encima del colchón cuando sonó el teléfono para decirles que Rosa estaba subiendo.

–¡Después! –le dijo, y le dio un beso–. ¿O quieres algo muy, muy rápido ahora?

Ella miró los ojos negros que le sonreían y no pudo leerlos, no podía seguir siendo su juguete sexual.

–Después –dijo Meg, bajando de la cama.

Le abrió la puerta a Rosa. Llevaba ropa limpia para los dos. Sorprendentemente, le dio un abrazo a Meg y le dijo que iría con ellos a la comisaría.

–Siento mucho cómo te hablé –dijo Rosa.

–¿Cómo? –preguntó Niklas.

–Con dureza –le dijo Rosa a Niklas.

–No has sido la única –dijo Meg, y enrojeció cuando Rosa se echó a reír. Por lo visto la gente en Brasil solo pensaba en una cosa–. Lo que quería decir –aclaró con voz ofendida–, es que entiendo por qué dijiste lo que dijiste.

–Te lo agradezco –le dijo Niklas a Rosa–. A los tres, pero sobre todo a ti. Os pagaré en cuanto recupere mi capital.

–Con suerte eso no tardará mucho –dijo Rosa, después sonrió y lo regañó–. ¿Pero era necesario que bebieras el champán más caro del minibar? Acabo de pagar la factura de la habitación.

–¿Pagaste tú? –Meg parpadeó. No se refería al champán–. ¿Era tu dinero? –Meg había supuesto que provenía de los fondos de Niklas, pero acababa de darse cuenta de que habrían congelado sus cuentas mientras lo investigaban.

–Hipotequé mi casa –dijo Rosa–. Creía en él.

–Eres la más rica de la habitación –le dijo Niklas a Meg, e incluso Rosa se rio.

–Os pagaré un café de camino a la comisaría –Meg sonrió, pero con esfuerzo. Fue al cuarto de baño a cambiarse y pensó en la fe de Rosa en Niklas. Era obvio para ella que Rosa y Niklas se habían acostado en el pasado, pero no era eso lo que la molestaba. Era su amistad lo que la corroía, una amistad que no fallaba, una que duraría para siempre.

Era esa longevidad lo que la irritaba.

Meg abrió la bolsa de ropa y vio que Rosa había elegido bien. Había una falda suave y larga que cubriría los raspones de sus piernas, una blusa fina y una lencería fantástica, pero casi transparente. Meg inspeccionó la ropa interior y vio que era bien escasa. Cuando se puso las bragas, la mortificó darse cuenta de que eran mínimas. Era lo más atrevido que se había puesto en su vida, pero no podía quejarse a Rosa:

También había unas sandalias, porque las suyas se habían roto el día anterior.

Se vistió y se lavó los dientes. Después se cepilló el pelo y examinó su rostro solemne en el espejo. Tendría que estar feliz y celebrándolo, pero no se sentía así. Los recuerdos del día anterior seguían siendo

demasiado crudos y no entendía que Niklas y Rosa
estuvieran sonriendo y charlando.

No entendía que Niklas pudiera poner fin a su dolor sin más. Pero tenía que aprender a hacerlo, porque
pronto tendría que volver a casa.

Tenía que hacerlo.

No podía quedarse y contemplar como la culpabilidad que había sentido por lo que le había hecho pasar
y su atracción hacia ella disminuían hasta desaparecer.
No podía soportar la idea de que el aburrimiento se
asentara en él mientras ella esperaba la noticia de que
iba a echarla de su vida.

Si Niklas no quería una relación para siempre, no
podía seguir con él solo por el momento presente.

–¿Preparada? –preguntó Niklas, mirándola cuando
salió del cuarto de baño.

–Supongo –respondió. Allí no tenía maquillaje.

–¿Quieres que lleve tu ropa a la tintorería? –ofreció Rosa.

–La tiraré a la basura –dijo Meg, volviendo al cuarto
de baño a hacerlo–. No quiero volver a verla nunca.

–De acuerdo –Rosa agarró su bolso y fue a la
puerta–. Iré a comprobar que el coche está listo.

Cuando se fue, Meg recogió su ropa del suelo del
cuarto de baño y la llevó a la papelera del salón. Él la
detuvo cuando iba a tirarla.

–Esa no –dijo, recuperando las prendas de tela vaquera con una sonrisa–. Tal vez quieras que vuelva a
afeitarme la cabeza algún día...

Ella no le devolvió la sonrisa.

–Para ti todo es un juego, ¿verdad?

–No, Meg –negó con la cabeza y su expresión se
volvió seria–. No lo es.

Pero cuando bajaban en el ascensor, ella se fijó en

que llevaba una bolsa. No había tirado la ropa que había utilizado en prisión.

Él la atrajo contra sí y la escudó de la prensa cuando salieron del hotel; volvió a hacerlo cuando llegaron a la comisaría, pero ella intentaba apartarse de él. La besó con pasión antes de que entrara a hacer su declaración, pero ella solo sintió ganas de llorar, quería algo más que sexo de él.

–Estarás bien –le limpió una lágrima con el pulgar–. Diles lo que ocurrió. Rosa estará allí...

–Lo sé.

–No tienes por qué tener miedo. Y luego te sacaré de aquí, nos iremos solos los dos –sonrió al decirlo y le dio otro beso para tranquilizarla.

Ella no respondió a ninguno de los dos.

La declaración fue larga y detallada y ella se sintió como si estuviera repitiendo lo mismo una y otra vez.

«No, nunca había visto a Miguel, ni Emilios lo había mencionado. No sabía quién había telefoneado a Emilios, pero él había sugerido el paseo después de la llamada».

–Quieren saber cuándo te diste cuenta de que no era Niklas –tradujo Rosa.

–No me di cuenta –repitió ella.

–¿Pero empezaste a sentir pánico mucho antes de ver la pistola?

Ella asintió, pero Rosa le dijo que tenía que contestar oralmente.

–Sí –afirmó.

Le hicieron repetir la historia una y otra vez. A ella le costaba explicar las cosas, porque ni siquiera se entendía ella. No quería decir en la comisaría que la había sorprendido que no la llevara a la cama de inmediato, que quizás esa había sido la mejor pista de que no era Niklas. Para Meg eso solo confirmaba lo vacía que era su relación.

–¿Qué te hizo sentir pánico? –insistió Rosa.

–Comprendí el error que había cometido al casarme con él –dijo Meg con voz plana–. Que no había ninguna base para la relación y que él siempre había dicho que no duraría. Solo quería alejarme de él.

–¿De Emilios?

Ella negó con la cabeza. Recordó sus ojos hinchados y cómo había hecho la maleta, el placer y el dolor del último año, sobre todo el dolor, que él había provocado.

–De Niklas –cuando lo dijo vio que Rosa fruncía el ceño.

Entonces le hicieron ir más atrás, hasta su primer encuentro con Niklas en el avión y su conversación durante la noche.

–Le pregunté cómo se había quedado huérfano y dijo que no estaba seguro.

–¿Le preguntó si había intentado buscar a su familia?

–Sí.

–¿Y cuál fue su respuesta?

–Dijo que había pedido a Miguel, su abogado, que investigara, y que no había descubierto nada.

–¿Dijo eso? –el oficial de policía miró a Rosa para cerciorarse–. ¿De verdad dijo eso?

–Sí.

El oficial le dirigió una mirada larga y dura. Rosa le preguntó a Meg si estaba segura, dado que la conversación había sido hacía ya un año.

–Quiere saber si está segura de que esa no es la conversación que mantuvo con Niklas anoche.

–Se lo conté a la policía –Meg parpadeó.

–¿Recuerda esa conversación con exactitud? –insistió el oficial. Ella dijo que sí, porque llevaba un año rememorando cada segundo del tiempo que habían pasado juntos.

–Con toda exactitud –aseveró–. Y después le pregunté cómo había sido crecer en un orfanato, pero no me contestó. Dijo que no quería hablar de esas cosas.

Pero a la policía no le interesaba esa parte. Solo a Meg.

Declaró que no había sido consciente de que la seguían y miró a Rosa para que lo explicara, pero ella negó con la cabeza. Después le leyeron su declaración. Escuchó y oyó que básicamente habían tenido sexo y unas cuantas conversaciones, pero que él había mencionado haberle pedido a Miguel que buscara a su familia. La firmó.

–Eso está bien –dijo Rosa cuando salían–. Tienes buena memoria. Saltarán sobre eso en el juicio si Miguel niega que Niklas le encargó buscar a su familia –la advirtió–. Recuérdalo.

–¿Estoy libre para volver a casa? –preguntó Meg. Vio que Rosa fruncía los labios–. Mi familia está preocupada por mí.

–Podría ser mejor para el caso de Niklas que estuvieras aquí.

–¿Qué caso? –inquirió Meg–. Es obvio que es inocente.

–Para ti –dijo Rosa–. Y también para mí. Pero los muertos no hablan –esbozó una leve sonrisa–. Tengo que rectificar lo que dije de que Niklas nunca comete errores. Cometió uno: contrató a Miguel, un abogado brillante. Él podría decir que timaban a la gente entre los dos. Podría insistir en que era Niklas quien le daba las instrucciones, o que recibía instrucciones de ambos.

–¡No!

–Sí –dijo Rosa–. Lucharé contra eso, pero a Niklas podría beneficiarlo que su esposa estuviera aquí, a su lado, no de vuelta en casa contando el dinero que su equipo de abogados ha ingresado en su cuenta.

–Sabes que no se trata de eso.

–Díselo al juez –Rosa volvió a ser desagradable–. Entiendo que tu familia esté preocupada por ti, pero podrías simular que Niklas es parte de tu familia un poco más de tiempo.

–Niklas no quiera que lo haga –replicó Meg–. Niklas no quiere una familia.

–¡Ni siquiera sabe lo que es una! –gritó Rosa–. Sin embargo, se ha portado muy bien contigo.

–¿Se ha portado bien? –le tocó a Meg gritar–. ¿Estamos hablando del mismo hombre?

–¿Acaso mi madre tuvo trillizos? –bromeó él desde el umbral.

Quizás, dadas las circunstancias, Meg había elegido mal sus palabras, pero la respuesta de Niklas era de mal gusto. No entendía que se lo tomara con tanta calma. Ni que pudiera rodearla con un brazo y salir de la comisaría como si la pesadilla del año anterior no hubiera tenido lugar.

Se encontraron con el mismo circo de cámaras que antes y dejaron a Rosa haciendo una declaración para la prensa. Un coche los esperaba. El chófer entregó las llaves a Niklas, que se sentó al volante y pidió a Meg que ocupara el asiento del pasajero. En cuanto se sentó, Niklas pisó el acelerador. Después redujo la velocidad y condujeron largo rato, saliendo de la ciudad y atravesando las colinas. Apenas hubo conversación, solo silencio airado de Meg, pero Niklas parecía más relajado con cada kilómetro que recorrían.

–Estás muy callada –comentó.

–¿No es así como quieres que esté?

Pero las rabietas no funcionaban con Niklas. Siguió conduciendo sin inmutarse, con una mano en el volante y la otra en la ventanilla. Ella supuso que no tardaría en ponerse a silbar para irritarla aún más. Seguía molesta por las palabras de Rosa. Lo primero que haría cuando llegara a Sídney sería devolver el dinero que le habían pagado.

–Llegaremos pronto –dijo él.

Meg no le contestó.

Nada tenía sentido: las preguntas de los policías la habían confundido, Rosa la había enfadado y, en cuanto a él... Giró la cabeza para mirarlo. Era asombroso que estuviera tan tranquilo tras todo lo ocurrido. Estaba cambiando de canal y ajustando el volumen de la radio. Ella no necesitaba música de fondo, así que la apagó.

–En comisaría dijeron que me estaban siguiendo. Que no fue la policía quien le disparó.

–Fue un guardaespaldas.

–¿Guardaespaldas?

–Déjalo.

–No –le espetó Meg–. No lo dejaré.

–No pasará tiempo en prisión. Mis abogados están trabajando en su causa. Hice que un par de personas te siguieran cuando comprendí que seguías aquí, cuando adiviné que tenía un gemelo. No sabía qué estaba ocurriendo, pero sí que no estarías segura, así que organicé tu protección.

–¿Cómo?

–Le debo un favor a un hombre muy poderoso –dijo Niklas–. Envió un mensaje al exterior después de que me llamaras.

Dejó de hablar del tema y ella sintió su mano en la

pierna. No entendía la facilidad con que quitaba importancia al hecho de que era el guardaespaldas contratado por él quien había disparado a su gemelo.

Parecía que nada lo afectaba.

Él apretó su muslo con suavidad, lo que ella supuso indicaba que estaban cerca de su destino y
pronto estarían en otro dormitorio.

—Hemos llegado.

Era la casa más impresionante que había visto
nunca, con madera oscura, mobiliario blanco y mos-
quiteras en las ventanas, que permitían entrar el sol y
los sonidos de las montañas. Era una maravilla y, según dijo Niklas, el lugar con el que había soñado mientras estaba encerrado.

—¿Te gusta?

—Es increíble.

—Mira...

La tomó de la mano y la condujo al dormitorio.
Después abrió las enormes puertas de cristal y reveló
la tupida hierba que se extendía hacia la montaña. Solo
se oía el piar de los pájaros. Meg pensó que en un lugar como ese se podía empezar a sanar.

—Hay sirvientes, pero les he dicho que no vuelvan
hasta que los llame. Nos han dejado montones de comida.

La ropa de ella estaba allí, colgada en el armario,
y él la rodeaba con sus brazos.

Meg empezó a llorar y a él no pareció sorpren-
derlo.

—Estás agotada.

Era cierto.

Agotada de casi un año de amarlo.

—¿Estás a punto de sugerir que nos vayamos a la
cama?

–Meg –notaba su ira y no la culpaba por ello–, me da igual lo enfadada que estés. Tienes derecho a estarlo. Si quieres gritarme, hazlo. Te he hecho pasar un infierno y solo intento hacer que te sientas mejor. Tal vez lo esté haciendo mal, pero de momento estás aquí, y a salvo.

Era el «de momento» lo que la mataba, pero no iba a volver a discutir.

–No sé qué me ocurre. ¡Estoy muy enfadada! Tan confusa...

–Es el shock –dijo–. Casi te secuestraron. Viste como mataban a un hombre.

–¡Vi cómo mataban a tu gemelo! –gritó ella–. Creí que eras tú.

Él no reaccionó, se limitó a abrazarla.

–¿No tendría que ser al revés? –se apartó de él, airada–. ¿No tendrías que ser tú el que llorara? Era tu hermano.

–Eso es asunto mío –dijo Niklas.

–¿No puedes hablar de ello conmigo?

–Prefiero hacer ese tipo de cosas solo –era ante todo sincero–. No quiero hablar sobre mí. Ahora mismo solo quiero estar contigo.

Decía todas las cosas correctas, pero también eran incorrectas. Tomaba todo de ella, pero no se daba a cambio, y tal vez tuviera que aceptarlo. Él no sentía nada por nadie. Miró hacia la montaña con la esperanza de encontrar un poco de paz antes de dejarlo.

–Espero que la prensa no nos encuentre aquí.

–Es imposible. Ya te lo dije.

–Si saben que esto es tuyo, no tardarán en encontrarnos –estaba demasiado cansada, se sentía incapaz de trasladarse de nuevo si llegaba la prensa–. Estarán revisando tus propiedades...

–No es mío –dijo Niklas–. No está incluido entre mis bienes. Está a tu nombre –alzó su rostro y besó su frente–. Lo compré para ti antes de que me arrestaran. Quería el divorcio, sabía que podía estar encerrado mucho tiempo y esto era parte de tu compensación. La compra se finalizó el día antes de que congelaran mis cuentas –le sonrió–. No pudieron quitarme esto porque es tuyo.

–¿Compraste esto para mí?

–Es lo bastante grande para poner un hostal... –encogió los hombros–. Si eso es lo que quieres hacer. Sabía que probablemente lo venderías.

Sabiendo que iban a arrestarlo y que iría a prisión, había pensado en ella. Había ido allí y elegido una propiedad. Eso la superó.

–¿Por qué lloras?

–Por esto.

–Te dije que cuidaría de ti.

–Y lo has hecho.

Él había cumplido las promesas que le había hecho, había escuchado todos sus sueños.

Recorrieron la casa habitación por habitación y después él la llevó a la cocina, con hornos enormes, encimeras de trabajo y grandes puertas de cristal abiertas para dejar entrar el sonido y la brisa de la montaña. Había elegido la casa perfecta, pero sin pensar que él viviría en ella.

–Puede que tenga que quedarme aquí un tiempo –dijo Niklas–. Puedes ser mi casera.

Se inclinó para darle un beso.

–Te enviaré el alquiler que te deba cuando me devuelvan mi dinero.

–¿Me lo enviarás?

–Tienes que volver a casa.

Meg supo en ese momento que ella le importaba, supo por qué la enviaba de vuelta a casa.

—Y tú no puedes venir conmigo —no fue una pregunta, le estaba diciendo que sabía por qué.

Él intentó silenciarla con un beso.

—No puedes venir a Sídney ni siquiera unos días porque estás en libertad bajo fianza.

—Meg...

—Y no dejas que me quede contigo porque sospechas que podrías volver a la cárcel.

—Es más que una sospecha —dijo Niklas—. Miguel es el mejor abogado que conozco —sonrió—. Sin ánimo de ofender.

Siempre conseguía que sonriera y, Meg lo supo en ese momento, siempre la había querido, aunque él no lo supiera, incluso si se negaba a verlo. Rosa tenía razón. Siempre había cuidado de ella y seguía intentando hacerlo.

—Estoy en libertad condicional y dudo que retiren los cargos. Miguel no admitirá su culpabilidad. Habrá un juicio, podría haber años de dudas, y después podrían volver a encerrarme. Tienes que volver con tu familia.

—Tú eres mi familia.

—No —él se negaba a aceptarlo—. Porque por mucho que quiera que estés aquí, por mucho que haya pensado en ti en esta casa mientras estaba encerrado, por mucho que una visita cada tres semanas podría ayudarme a mantener la cordura, no te haré eso.

—Sí.

—No —dijo Niklas—. Pasaremos aquí un par de noches y después, como le prometí a tu padre, me aseguraré de que vuelvas a casa. Para cuando llegues allí, estaremos divorciados.

Él sería inflexible.

Meg amaba y odiaba esa palabra. Quería besar al hombre que, sin duda alguna la amaba, pero también quería conocer al hombre al que amaba. La besaba como si nunca fuera a dejarla marchar, pero le había dicho que tenía que irse.

–Eres un maldito egoísta –lo habría abofeteado. Echó la cabeza hacia atrás, no estaba dispuesta a que la acallara con sexo–. ¿Por qué no cuenta mi opinión? –gritaba con furia–. Eres igual que mis padres, diciéndome lo que quiero y cómo debería vivir mi vida.

–¿Qué? –exigió él–. ¿Acaso querrías estar aquí, viviendo en la montaña, bajando a la prisión para tener sexo cada tres semanas?

–Puedes ser de lo más desagradable.

–Tu vida podría serlo –replicó Niklas–. Descalza y embarazada, con tu marido en...

Meg no oyó el resto. Entonces recordó lo que había estado a punto de hacer antes de que Emilios la interrumpiera. Niklas vio como su ira se transformaba en pánico; ella, por su parte, vio el destello de miedo en sus ojos cuando le dijo que era posible que ya lo estuviera.

Era inapropiado e inconveniente. Meg lo sabía.

Él se quedó allí parado y ella fue al dormitorio a revisar sus cosas. Allí estaba su neceser y, sí, Rosa había recogido también la prueba de embarazo.

Se quitó los zapatos antes de volver a la cocina, descalza y embarazada, sí.

–Necesitas volver a casa con tu familia.

–¿Eso es todo lo que tienes que decir?

–Es todo.

Ella no podía creer en su indiferencia.

–¿Dejarías que nos fuéramos los dos?

–Así tendrás una vida mejor.

–Probablemente –concedió Meg–. Porque estoy harta de estar casada con un hombre que ni siquiera puede hablar conmigo, que lo arregla todo con sexo. Que, aunque no lo admita, me ama. Estoy cansada de intentar que lo digas.

–Vete, entonces.

–¿Es lo que quieres? –persistió Meg–. ¿O estas diciéndome otra vez lo que yo debería querer?

–¡Podría salir de esto pobre como una rata!

Si Meg creía haber visto un atisbo de miedo antes, no había visto nada, porque la bonita boca se tensó. Los ojos negros destellaron con terror cuando se imaginó rebuscando en contenedores para encontrar comida, no solo para él, sino también para la familia que ella le estaba pidiendo que mantuviera. Meg supo entonces que ella no había conocido el miedo real, que nunca conocería la intensidad de su terror.

Ella no moriría de hambre.

No dejaría la tierra sin dejar huella.

La echarían de menos.

–Tal vez no podría darte nada.

Ella captó la magnitud de sus palabras.

–Tal vez no tendríamos nada.

–Sí tendríamos algo –le dijo Meg a ese hombre que no sabía lo que era la familia–. Nos tendríamos el uno al otro.

–No sabes lo que es no tener nada.

–Pues dímelo.

–No quiero discutirlo.

–Entonces me iré, Niklas, me divorciaré de ti. Y no se te ocurra venir a buscarme cuando retiren los cargos. No te atrevas a intentar volver a mi vida cuando creas que todo irá bien.

Él siguió allí parado.

–Y no te molestes en escribir para saber qué he tenido, porque si me voy ahora haré todo lo posible para que no lo descubras. Escribiré «padre desconocido» en la partida de nacimiento y no serás nada para tu hijo.

Estaba luchando por el bebé cuya existencia acababa de descubrir y por la familia que sabía que podían llegar a ser. Cuando se dio la vuelta para irse, Niklas también luchó por ellos.

–Quédate.

–¿Para qué? –preguntó Meg–. ¿Quieres que vayamos a la cama? –exigió–. ¿O quieres que lo hagamos aquí? O... –lo miró como si hubiera tenido una súbita idea– o podríamos hablar.

–Hablas demasiado.

La atrajo hacia él y besó su boca, deslizó las manos por su cuerpo, de la cintura a su vientre. Lo presionó con las manos un segundo y después, como si le doliera tocarla ahí, bajó las manos hacia sus muslos y le levantó la falda. Intentó desesperadamente que le devolviera el beso, pero ella desvió la cabeza.

–Y tú no hablas lo suficiente.

Él supo que no iba a permitirle evadirse y que no la recuperaría a base de besos. Se iría, estaba seguro. Era mil veces más fuerte de lo que creía y él también tenía que serlo, porque sin ella y sin el bebé, él volvería a la nada.

–No pierdas el tiempo teniendo miedo, Niklas –dijo Meg–. Tú me dijiste eso.

Así que él, pausadamente y con voz queda, le contó lo que había sido estar solo, ser trasladado a otro hogar para niños cuando causaba demasiados problemas, a un hogar que hacía que vivir en la calle fuera preferible a estar allí.

Era cierto que Meg era más fuerte de lo que creía, porque no lloró ni hizo comentarios, siguió de pie, entre sus brazos, escuchando. En las partes más duras, tuvo que recordarse que había sido ella quien le había pedido que hablara.

–Haces un amigo y te trasladan. O el amigo te roba y decides que es mejor estar solo. Después haces otro amigo y la historia se repite, o te despiertas y está muerto a tu lado. Pero sigues viviendo, encuentras un trabajo y descubres que eres listo, más que la mayoría. Empiezas a hacer dinero y a olvidar. Pero nunca se olvida. Te creas una buena vida, haces nuevos amigos y, aunque llevas una buena vida, sigues sintiendo el sabor de la amargura del pasado. Ganas más dinero del que puedes gastar porque te da miedo volver a quedarte sin nada y, sí, eres feliz, pero te sigue sabiendo amargo.

No sabía cómo explicarlo, pero lo intentó. La miraba sin entender por qué quería entrar en su caótica mente.

–Nunca olvidas, ni un minuto. Recuerdas la comida sacada de la basura, las palizas, las huidas, y el olor de dormir en la calle, y no confías en nadie. Recuerdas cómo la gente te roba en cuanto vuelves la espalda, gente capaz de robar a un mendigo que duerme en la calle. Así que disfrutas de cada bocado y juras que no volverás a ser nada. Pero siempre temes que te ocurra.

Entonces calló.

–¿Quieres oír el resto?

–Sí.

–Conoces a una mujer en un avión, y esa mujer está preocupada porque si vive su vida y persigue sus sueños podría hacer daño a su familia, y entonces entiendes que hay gente que se preocupa por los demás, que ama. Y esa mujer cambia tu vida.

–Yo no hice eso.

–Más que eso. Salvaste mi vida. Porque cuando volví a quedarme sin nada, sobreviví. Pensaba en ti más de lo que debía. Cada crepúsculo veía el sol y era del color de tu cabello. Y anoche, cuanto te tuve entre mis brazos, miré atrás y comprendí que el mundo es bueno. Hay gente en la que no se puede confiar, pero hay gente en la que sí, gente que te ayuda aunque tú no lo sepas.

Ella lo miró sin entender.

–Que una mujer con la que solo saliste unos días hipoteque su casa... –titubeó–. Rosa y yo...

–Eso ya lo había supuesto.

–Fue antes de que ella se casara, y no ha vuelto a haber nada entre nosotros, pero a su marido no le gusta que trabaje para mí. Que ella le pidiera ayuda, que Silvio confiara lo bastante en nosotros, eso es amistad verdadera –dijo él–. Eso borra el sabor de la amargura.

Ella entendió esa parte.

–Luego miras atrás y te das cuenta de que la monja que te enseñó español, la mujer que te puso nombre, lo único bueno que recuerdas de tu infancia, será lo que salve la vida de la mujer a la que amas. ¿Cómo no estar agradecido por eso?

–Es imposible no estarlo.

–Y la mujer que conociste en el avión, que tu instinto te dijo era la correcta, con quien te casaste para luego herirla, se presta a volar al aeropuerto de Congonhas para mantener sexo pagado contigo.

Ella recordó su ira en la prisión y la rudeza del sexo,

y la ternura que la siguió. Se alegró de haberle hecho saber que alguien lo amaba.

–Lo hubiera hecho gratis.

–Lo sé –dijo él, sincero–. Me amaste cuando no tenía nada y nunca sabrás cuánto significa eso para mí. Podría volver a no tener nada, creía que esa era mi peor pesadilla, pero no tener nada que darte a ti y a mi hijo...

–Tenemos la casa que elegiste para nosotros –dijo Meg–. Y yo puedo trabajar y tengo padres que me ayudarán. Tu hijo, nuestro hijo, no vivirá sin nada, y tú tampoco, mientras nos tengamos el uno al otro.

Para su sorpresa, él empezó a tener esperanza.

–Puede que no acabe en prisión, podrían retirar los cargos –dijo–. Rosa opina que tienen suficiente evidencia para demostrar que no estuve involucrado. Están revisándola ahora.

–Y, a diferencia de tu esposa, ¡Rosa es una buena abogada! –rezongó Meg.

Él no sonrió, pero hizo una mueca.

–Rosa cree que fue Miguel quien sugirió el plan a mi hermano. Por eso quiero que tenga un buen funeral. Quiero descubrir más sobre él y sobre su vida. ¿Entiendes eso?

–Sí.

–Puede que no hable de ello contigo.

Seguía diciendo las cosas erróneas, pero todo iba mejor entre ellos.

–Está bien, si así te sientes mejor –empezaba a entenderlo. No necesitaba saberlo todo, ni tenerlo entero, bastaba con la parte que él quisiera dar. Era más que suficiente. Y si quería compartir algo, estaría allí para escucharlo.

–¿Puedes aceptar que, aunque no te lo cuente todo, no hay secretos que puedan hacerte daño?

–Sí.

Entonces, Niklas hizo lo que solía hacer: apagó el dolor de su pasado. Sonrió, la abrazó y la besó larga y profundamente, abrasándola.

Pero, sorprendentemente, Niklas se detuvo.

–Para demostrarte cuánto te quiero –dijo–, no habrá sexo durante un tiempo, para que hablemos.

–Yo no quería decir eso.

–No –insistió él–. Sé lo que querías decir. Podemos dar un paseo por la montaña –sonrió malicioso–. Tomar aire fresco y hablar.

–Déjalo –su beso la había dejado anhelando más. Intentó besarlo, volver a donde lo habían dejado, pero él la rechazó. Fue a buscar una cesta y empezó a llenarla con cosas de la nevera.

–Vamos de picnic. ¿No te parece romántico?

Meg se dio cuenta de que era el hombre más sexy que había conocido en su vida, y ella se había estado quejando de un exceso de sexo.

–Niklas, por favor –no quería un picnic en la montaña ni una huelga de sexo de su amante brasileño, y se lo dijo claramente.

–Soy tu marido –corrigió él–. ¿Lo recuerdas?

–Sí.

–¿Cómo pudiste pensar que todo se limitaba al sexo? Fui un caballero aquel día. Podría haberte tomado en el avión, ¡pero me casé contigo antes!

–Nada de caballero. Pero sí, te casaste conmigo, y ahora lo entiendo. Así que, ¿puedes dejar esa cesta y...?

–¿Y qué? –preguntó Niklas.

Parecía superficial pero era profundo, guapísimo e insaciable, y era suyo para siempre.

La huelga de sexo duró unos dos minutos, porque él la alzó sobre la encimera de la cocina mientras la besaba. Sus manos y su boca recorrieron todo su cuerpo; ella intentó participar pero él le apartó las manos.

—Esto es cosa mía.

Era dominante y muy sexy. Soltó un silbido cuando le levantó la falda.

—¿Qué llevas puesto?

—Son nuevas —dijo ella, avergonzada.

—Pero no las compraste tú —sonrió porque no se imaginaba a su modesta mujer comprando bragas que ni siquiera había que quitarle.

—Podría haberlo hecho.

—Meg —con expresión seria, se bajó la cremallera del pantalón—. Llevabas bragas discretas el día que te conocí. E incluso el día que fuiste a visitarme a la cárcel —la situó cuidadosamente—. Observa.

Cuando la penetró, ella pensó que las descaradas bragas eran una buena elección.

—No pienses nunca que no te quiero —estaba dispuesto a decírselo cien veces al día si hacía falta—. No pienses nunca que esto no es amor.

Ella supo que sí la amaba y que lo que compartían era mucho más que sexo. Fue lento y deliberado, era Meg la que no podía parar. Él siguió mientras la tensión crecía en su interior, y esperó que le tapara la boca con las manos, que la silenciara, pero Niklas le dijo que estaban en casa, mientras embestía con más fuerza.

—Estamos en casa —repitió él, moviéndose más rápido. Por primera vez, ella pudo gritar y sollozar cuanto quería, estar con quien quería.

Y él también.

Él le dijo cuánto la amaba cuando llegó al orgasmo y le juró una y otra vez que encontraría una solución, que arreglaría las cosas.

Mirando la montaña por encima de su hombro supo lo afortunado que era, lo fácil que habría sido ser él el muerto tirado en la acera. Él en vez de ese hermano gemelo que había tenido tanta amargura en su vida y que, a diferencia de Niklas, no había conseguido escapar. Con ella aún en brazos, enterró el rostro en su cabello. Después sonrió.

—¿Sabes qué día es hoy? —preguntó.

—El día que descubrimos que... —Meg hizo una pausa y parpadeó al darse cuenta de la fecha.

—Feliz aniversario —dijo su esposo, besándola.

Capítulo 13

LE GUSTABA Brasil más cada día que pasaba allí, pero lo que más adoraba eran las tardes. Meg estaba tumbada sesteando junto a la piscina. Se estiró y olisqueó el aire húmedo tras la lluvia habitual a primera hora de la tarde, que lavaba las montañas hasta dejarlas relucientes, y pensó en lo feliz que era.

Habían retirado los cargos, pero habían tardado un par de meses en tener fondos. Habían devuelto a Rosa el dinero que le debían y vivido de los ahorros de Meg. Pero solo cuando dejó de sentir la amenaza de la pesadilla de volver a la cárcel y el embarazo de Meg se hizo aparente, había empezado Niklas a pensar que su vida era real.

Iban a São Paulo con regularidad y Niklas estaba presente en cada visita prenatal. A Meg le encantaba que a sus padres les gustara Brasil tanto como a Niklas le gustaba Australia cuando iban.

Veía a sus padres a menudo, acababan de irse ese día, y gracias a las sugerencias y ayuda de su nuevo yerno, los negocios iban bien en Sídney.

La habían sorprendido. Una vez superado el shock de la noticia, habían sido fantásticos. Niklas les había enviado pasajes para que volaran a Brasil y desde el primer día había empezado a comprender por qué a veces no se podía colgar el teléfono o poner barreras a la gente. Empezaba a acostumbrarse a las complicaciones y compensaciones de la familia.

En la primera visita no les habían dado la noticia del embarazo de Meg, era demasiado pronto para otra sorpresa, y tenían que preparar un funeral.

Ella había creído que Niklas se ocuparía de eso solo, pero no fue así.

Hubo pocos invitados. Meg había conocido a Carla que, por supuesto, era deslumbrante, y también estaban allí Rosa y sus colegas y Silvio, el marido de Rosa. Aunque los padres de Meg se habían negado a asistir en un principio, al final fueron, y Niklas se lo agradeció mucho.

Meg había llorado un poco esa mañana, al despedirse de sus padres, pero le habían asegurado que volverían un mes después, para estar presentes en el nacimiento de su nieto.

Eso si aguantaba un mes más. Meg, sintiendo otra contracción, consultó su guía del embarazo.

No. No eran dolorosas y eran muy espaciadas. Siguió leyendo un rato. Llegó otra contracción y anotó la hora en su teléfono porque, si bien no llegó a doler, se descubrió aguantando la respiración hasta que pasó. Se planteó telefonear a alguien para asegurarse, o esperar a Niklas, que llegaría pronto.

Según su guía eran contracciones Braxton Hicks y no tenía por qué preocuparse.

Meg adoraba estar embarazada. Le gustaba cómo crecía su vientre, y también a Niklas. Y lo quería a él más de lo que había creído posible.

Nunca llegaría a conocerlo del todo. Pero tenía el resto de su vida para intentar entender al hombre más complicado del mundo.

Las pesadillas habían acabado para ambos, y su

vida había seguido adelante. Cada día se daba más cuenta de cuánto la amaba él. Eran muy felices, recibían visitas de amigos a menudo y muchas noches conseguía hacer lo que más le gustaba: probar recetas nuevas.

Meg miró su teléfono. Había pasado mucho tiempo desde la última contracción, así que debería empezar a preparar la cena. Esa noche tenían invitados, Rosa, su marido y algunos amigos más iban para animar a Meg tras la marcha de sus padres.

Rosa y ella se habían hecho muy amigas. Rosa a veces le tomaba el pelo respecto a sus primeras conversaciones, por no hablar de las indecentes bragas que le había proporcionado.

Se sonrojó al pensar en lo inocente que había sido entonces y al pensar en las deliciosas cosas que hacían Niklas y ella. En ese momento sintió otra contracción, miró el teléfono y anotó la hora. Aún estaban muy separadas, pero la alegró oír el helicóptero que anunciaba la llegada de Niklas. Cruzó el jardín para ir a recibirlo y de paso cortó unos aguacates maduros del árbol para preparar guacamole. Entonces sintió un dolor intenso.

Por lo visto, el libro se equivocaba. No eran contracciones preparto, porque sintió un intenso dolor que la obligó a resoplar.

Niklas vio como se doblaba por la cintura mientras iba hacia ella. Oyó el helicóptero despegar y se debatió entre llamar al piloto para que regresara o correr hacia ella. Maldiciéndose, porque su intención era mudarse a su apartamento de la ciudad ese fin de semana, para estar más cerca del hospital, corrió hacia ella.

—Todo va bien. Haré que vuelva el helicóptero y te

llevaremos al hospital –dijo, práctico y tranquilo cuando la encontró de rodillas sobre la hierba–. Vamos dentro de casa –intentó ayudarla a levantarse, pero ella gemía–. Vale, te llevaré.

–No –Meg estaba de rodillas y anhelaba empujar, aunque una parte de ella le decía que no lo hiciera, que era demasiado pronto y debía mantener al bebé dentro de sí. Pero la otra parte le decía que si se permitía empujar con fuerza, se libraría del dolor–. ¡Ya viene!

Oyó vagamente que él hacía una llamada y frunció el ceño al oír a quién telefoneaba.

–¿Carla?

El dolor no la dejaba pensar, pero aun así se preguntó por qué diablos llamaba a Carla.

–Hecho –dijo él.

–¿Hecho?

–Viene ayuda en camino.

Ella vio que sudaba, algo poco habitual en Niklas, pero su voz sonaba tranquilizadora.

–Llamará al helicóptero para que vuelva y a una ambulancia.

Meg empezó a llorar, porque sabía que llegarían demasiado tarde, el bebé ya estaba allí.

–Todo va bien... –se quitó la chaqueta y los gemelos y empezó a arremangarse la camisa–. Todo va a ir bien.

–¿Acaso has traído al mundo a muchos bebés? –le gritó ella, aunque no quería hacerlo.

–No –respondió él. La miró a los ojos con serenidad–. Pero hice un curso de primeros auxilios en la prisión.

Aunque estaba petrificada, sonrió. Empezó a gritarle de nuevo cuando tuvo el descaro de contestar al teléfono y ponerlo en manos libres.

–Es el tocólogo –se justificó él.

Meg, mientras él le quitaba el bikini, pensó que tenía que acordarse de darle las gracias a Carla. Por lo que pudo entender con sus limitados conocimientos de portugués, le estaba diciendo al médico que sí, que podía ver la cabeza.

¡Ella se lo podría haber dicho sin mirar!

En cierto modo, la alegró no saber lo que decían, así podía concentrarse en empujar y parar y volver a empujar cuando lo ordenaban. Se irritó muchísimo cuando él dijo algo que hizo reír al tocólogo. Iba a decírselo cuando salió el bebé.

–*Sim* –dijo Niklas–. *Ela é rosa e respiração.*

Sí, la bebé estaba rosada y respirando. Eran las mejores palabras del mundo para Meg, y, a juzgar por su *ela,* parecía que tenían una niña.

El doctor no tuvo que preguntar si el bebé lloraba, porque el berrido resonó en la montaña.

Meg lloró también. Niklas no, nunca lloraba. Solo el día que comprendió que estaba a salvo ella había visto un atisbo de su llanto, pero en ese momento ¡estaba atento a su papel de comadrona!

Siguiendo las órdenes del doctor de mantenerlas abrigadas, se quitó la camisa para envolver a su hija y puso su chaqueta sobre Meg. Después fue por una gran toalla que había junto a la piscina y las tapó a ambas. Dio las gracias al doctor, le dijo que oía la llegada de ayuda y colgó el teléfono.

–Tienes que ponértela al pecho –le dijo a Meg–. El médico ha dicho que eso ayudaría con la siguiente fase.

–Oh –musitó ella.

–Bien hecho –dijo Niklas.

–Tú también lo has hecho bien –sonrió a su adorable partero–. ¿Has pasado miedo?

–Claro que no –movió la cabeza–. Es un proceso natural. Los nacimientos rápidos suelen ser rápidos –dijo unas cuantas cosas más que la llevaron a adivinar que había estado leyendo sus libros sobre embarazo y parto.

–Es prematura –Meg suspiró. Había tenido la esperanza de que el bebé se retrasara; así nunca sabría que había sido concebida en la cárcel.

–Todo irá bien. Fue concebida con amor –le dijo Niklas–. Es cuanto necesita saber.

Habían elegido un nombre para niño y uno para niña, y él asintió cuando ella le preguntó si seguía gustándole el mismo. La besó y luego miró a su hija. A ella le pareció ver una lágrima en sus ojos, pero decidió no mencionarlo. Quería disfrutar de ese momento, los tres a solas en la montaña, con su nueva hija, Emilia Dos Santos.

Con el significado portugués, claro.

De los santos.

Acepte 2 de nuestras mejores novelas de amor GRATIS

¡Y reciba un regalo sorpresa!

Oferta especial de tiempo limitado

Rellene el cupón y envíelo a
Harlequin Reader Service®
3010 Walden Ave.
P.O. Box 1867
Buffalo, N.Y. 14240-1867

¡Sí! Por favor, envíenme 2 novelas de amor de Harlequin (1 Bianca® y 1 Deseo®) gratis, más el regalo sorpresa. Luego remítanme 4 novelas nuevas todos los meses, las cuales recibiré mucho antes de que aparezcan en librerías, y factúrenme al bajo precio de $3,24 cada una, más $0,25 por envío e impuesto de ventas, si corresponde*. Este es el precio total, y es un ahorro de casi el 20% sobre el precio de portada. !Una oferta excelente! Entiendo que el hecho de aceptar estos libros y el regalo no me obliga en forma alguna a la compra de libros adicionales. Y también que puedo devolver cualquier envío y cancelar en cualquier momento. Aún si decido no comprar ningún otro libro de Harlequin, los 2 libros gratis y el regalo sorpresa son míos para siempre.

416 LBN DU7N

Nombre y apellido	(Por favor, letra de molde)
Dirección	Apartamento No.
Ciudad	Estado	Zona postal

Esta oferta se limita a un pedido por hogar y no está disponible para los subscriptores actuales de Deseo® y Bianca®.
*Los términos y precios quedan sujetos a cambios sin aviso previo.
Impuestos de ventas aplican en N.Y.

SPN-03   ©2003 Harlequin Enterprises Limited

DESEO

Mientras la nieve seguía cayendo,
las caricias de aquella mujer le hacían arder

Escándalo en la nieve

JESSICA LEMMON

El multimillonario Chase Ferguson solo se arrepentía de una cosa: haber abandonado a Miriam Andrix para protegerla del escrutinio público al que él estaba sometido.

Cuando una tormenta de nieve dejó a Miriam atrapada en su mansión en las montañas de Montana, la pasión entre los dos volvió a desatarse, imposible de resistir. Pero la realidad y el escándalo les obligaron a enfrentarse al presente. Chase ya había renunciado a ser feliz en una ocasión. ¿Se atrevería ahora a luchar por lo que realmente quería?

**¡Él es el multimillonario al que debe resistirse…
y al que está irremediablemente unida!**

FRUTO DEL ESCÁNDALO

Heidi Rice

Lukas Blackstone, el magnate de los hoteles, se quedó perplejo al enterarse de que tenía un sobrino huérfano, y se sintió furioso al darse cuenta de la química que tenía con Bronte, la tutora de su sobrino. A pesar de la fuerte atracción, Lukas supo que debía mantenerse alejado de ella. Había aprendido a la fuerza que no estaba hecho para formar una familia. Pero, cuando la llama de la pasión se encendió, sus consecuencias iban a unirlos para siempre…